DREAMBOOKS

DREAMBOOKS

DREAMBOOKS

DREAMBOOKS

오렌 퓨전판타지 장편소설
FUSION FANTASY STORY & ADVENTURE

幻野魔帝
환야의 미제

5

dream books
드림북스

환야의 마제 5

초판 1쇄 인쇄 / 2014년 10월 24일
초판 1쇄 발행 / 2014년 10월 31일

지은이 / 오렌

발행인 / 오영배
책임편집 / 편집부
펴낸 곳 / (주)삼양출판사·드림북스

주소 / 서울특별시 강북구 솔샘로67길 92
대표 전화 / 02-980-2112 팩스 / 02-983-0660
편집부 전화 / 02-980-2116 팩스 / 02-983-8201
블로그 / blog.naver.com/dreambookss

등록번호 / 제9-00046호
등록일자 / 1999년 3월 11일

ⓒ 오렌, 2014

값 8,000원

(주)삼양출판사·드림북스의 서면 허락 없이는 어떠한
형태나 수단으로도 이 책의 내용을 이용하지 못합니다.

ISBN 978-89-542-5385-7 (04810) / 978-89-542-5380-2 (세트)

* 지은이와 협의하에 인지는 생략합니다.
* 잘못된 책은 구입한 곳에서 바꾸어 드립니다.

이 도서의 국립중앙도서관 출판시도서목록(CIP)은 서지정보유통지원시스템홈페이지
(http://seoji.nl.go.kr)와 국가자료공동목록시스템(http:// www.nl.go.kr/kolisnet)에서
이용하실 수 있습니다. **(CIP제어번호: 2014030324)**

5

오렌 퓨전판타지 장편소설

FUSION FANTASY STORY & ADVENTURE

幻野魔帝
환야의 미제

★
dream
books
드림북스

幻野魔帝
환야의 미제

Chapter 1. 자부심 강한 가디언 | **007**

Chapter 2. 용자의 본색 | **029**

Chapter 3. 파멸의 입 | **053**

Chapter 4. 마왕의 본색 | **077**

Chapter 5. 불멸자 | **101**

Chapter 6. 루트 오브 다크니스 | **127**

Chapter 7. 마족 로부스 | **151**

Chapter 8. 마족의 특수 능력 | **175**

Chapter 9. 마왕의 분신 | **203**

Chapter 10. 블러디 스톤 | **225**

Chapter 11. 운명을 바꾸는 능력 | **251**

Chapter 12. 마왕답게 사는 법 | **275**

Chapter 1
자부심 강한 가디언

탐스러운 붉은 머리카락 사이로 루비처럼 반짝이는 눈동자. 백설처럼 하얀 피부를 가진 미녀 로아탄. 그녀의 이름은 카렌, 이데스 대륙의 용자 르티아의 수호 가디언 중 하나였다.

 그리고 여러 마왕들과 용자 등과 더불어 술을 마시고 있는 아름다운 청년이 바로 그 이름도 유명한 용자 르티아였다. 그의 앞에 위치한 테이블 위에는 온갖 산해진미와 각양각색의 술들이 잔뜩 쌓여 있었다.

 "흐흐흐! 그러고 보니 이렇게 형님과 술을 마셔보는 것도 오랜만이군요. 자, 한 잔 받으시지요, 형님."

르티아에게 형님이라는 말을 하며 술을 따르는 이는 반짝이는 흑발을 뒤로 쓸어 넘겨 이마를 시원스레 드러낸 미청년이었다. 흑색 정장을 멋들어지게 걸친 그는 입가에 온화한 미소를 머금고 있어, 누가 봐도 호감이 가는 인상이었다.

그러나 멋져 보이는 외모와 달리 그의 정체는 마왕이었으니! 환야에서 한때 악명이 자자한 라트로 중의 하나였던 마왕 메드베즈가 바로 그였던 것이다.

마왕이 용자를 향해 형님이라 부를 줄이야. 그것은 그야말로 놀랍다 못해 특이하기까지 했다. 공생불가여야 할 마왕과 용자 사이에 형님 동생이 웬 말이란 말인가?

그런데 용자 르티아는 메드베즈가 따른 술을 당연하다는 듯 받아 마셨으니. 심지어 그는 입가에 옅은 미소까지 흘리며 고개를 끄덕였다.

"네 말대로 꽤 오랜만이구나. 그동안 사고 치지 않고 잘 지냈느냐?"

메드베즈는 흠칫 몸을 떨며 대답했다.

"제가 사고를 쳤다면 형님의 귀에 벌써 들어갔겠지요. 조용히 지내고 있으니 염려 마십시오."

"그렇다니 다행이군."

르티아는 메드베즈 뿐만 아니라 다른 마왕들이 따라주는 술도 흔쾌히 받아마셨다. 또한 그는 모두에게 쉬지 않고 술을 따라주었다.

"모두들 마셔라! 적어도 이 순간은 모든 걸 잊어라. 자신이 용자라는 사실도, 마왕이라는 사실도 말이야. 알았나?"

"흐흐흐! 좋습니다."

"호호! 좋아요."

술과 무슨 원수라도 졌는지 모두들 술을 미친 듯 퍼마셨다. 마왕들이야 본래 그렇다 쳐도 대체 용자들이 저토록 술을 좋아하는 줄 누가 알겠는가? 특히나 그중 가장 술을 잘 마시는 이는 용자 르티아였다.

'흠.'

그 모습을 본 샤크는 살짝 눈살을 찌푸렸다. 그는 어째서 용자와 마왕이 한데 어우러져 술을 마시고 있는지 도무지 이해가 되지 않았다.

'뭐하는 녀석들인가?'

마왕들이야 사실 저런 모습을 보이는 게 당연하다. 그런데 왜 협의를 수호해야 할 용자들이 이런 끈적끈적한 분위기의 술집에서 흥청망청 술이나 퍼마시고 있다는 말인가. 그것도 마왕들과 함께 말이다.

'환야에 용자같지 않은 용자들이 많다더니 바로 저들을 두고 하는 말이었나 보군.'

샤크의 눈빛이 사나워졌다. 전생의 그였다면 저런 꼴을 절대 그대로 두고 보지 않았을 것이다.

'신경 쓸 것 없겠지. 용자들이 마왕들과 술을 마시든 말든 어차피 저들의 자유일 뿐 굳이 내가 참견할 바가 아니야.'

그보다 샤크는 자신이 이곳에 온 목적을 상기했다. 그는 술을 마시려고 술집에 온 것이 아니라 술집 주인에게 저렴한 가격으로 성녀가 있는 소세계들의 좌표를 알아내기 위함이었다. 샤크는 바텐더 쪽으로 걸어가며 힐끗 고개를 돌렸다.

그때까지 붉은 머리카락의 매력적인 가디언 카렌은 커다란 두 눈으로 계속 그를 쳐다보고 있었다. 그녀는 연신 고개를 갸웃했다. 샤크의 모습이 낯익다는 생각이 들었지만, 선뜻 그의 정체를 기억해내지 못했던 것이다.

'저 모습은 왠지 낯설지 않아. 내가 어디서 봤더라?'

문득 예전에 환야의 벌판에서 마물들의 식사 거리로 전락할 뻔했던 한 소마왕의 모습이 떠올랐지만 그녀는 이내 고개를 흔들었다.

'설마 그 녀석일 리는 없겠지. 외모는 비슷하지만…….'

단순히 외모가 흡사하다 해서 그때 그 소마왕이라 확신할 수 없는 이유는 샤크로부터 마왕으로서의 기세가 조금도 느껴지지 않았기 때문이었다.

'혹시 날개를 봉인한 건 아닐까?'

카렌은 샤크가 자신을 보호하기 위해 날개를 봉인했을 가능성도 있다 생각했다. 환야에 있는 대부분의 소마왕들이 그런 식으로 살아가고 있었으니 말이다.

그러나 그렇다면 그의 몸에서 마물이나 마족 정도로 느껴질 만한 마기라도 뿜어져 나와야 정상이련만 이상하게도 아무런 기운도 느낄 수 없었다.

'저 녀석 대체 정체가 뭐지?'

그녀는 그의 정체를 조금도 추정할 수가 없었다. 심지어 그가 마왕인지 아니면 드래곤이나 오르덴 혹은 인간인지도 짐작하기 어려웠다. 그것은 그녀로서는 매우 충격적인 일이었다.

스스로의 정체를 완벽히 감출 수 있을 만한 능력! 그것도 로아탄 중에서는 가히 최강이라 불리는 그녀의 눈을 피할 정도라면? 그렇게 그녀의 안색이 딱딱하게 굳어지는 것을 샤크는 담담히 쳐다봤다.

'역시 내가 누군지 알아보지 못하는군.'

차원력과 맞서며 수련을 한 덕분에 그는 자신이 가진 마왕으로서의 정체마저 숨길 수 있는 경지에 이르렀다. 따라서 카렌을 비롯하여 이 술집에 있는 어느 누구도 샤크의 정체를 눈치채지 못하는 것은 당연했다.

그런데 그때 마치 우연처럼 샤크를 향해 힐끗 시선을 보내는 이가 있었으니! 놀랍게도 그는 마왕들과 더불어 술을 마시고 있는 용자 르티아였다.

'……'

술에 취해 흐트러져 있던 그의 눈빛이 샤크를 향해 서늘하게 번뜩였다. 그러나 그것은 아주 잠시였을 뿐, 그는 다시 본래의 표정으로 돌아가 술을 마시는 데 집중했다.

한편 카렌의 시선은 샤크를 향해 고정되어 있었는데, 일순 그녀는 인상을 살짝 찌푸렸다. 갑자기 샤크가 그녀를 향해 반갑다는 듯 미소를 보냈기 때문이었다.

'뭐야? 저 미소는?'

카렌은 샤크가 역시 그때의 그 소마왕이 아닐까 하는 생각이 들었지만 그의 기세만으로 판단해 보면 결코 소마왕일 수가 없었다. 그러나 샤크의 담담히 가라앉아 있는 눈빛을 보면 볼수록 그때의 그 소마왕이 분명한 것도 같았다.

그때 마치 그녀의 의문을 풀어 주기라도 하듯 샤크는 어깨까지 으쓱하며 씩 미소를 지었다. 카렌은 잠시 멍한 표정이 되었다가 이내 고개를 살짝 끄덕였다. 비로소 그녀는 샤크가 누군지 짐작한 것이다.

그러나 기이하게도 그녀는 그 즉시 시선을 돌려버렸다. 그녀의 표정은 다시 무뚝뚝하게 변했고 샤크를 향해서는 그 어떤 관심도 두지 않는 듯 보였다. 그 모습에 샤크는 잠시 어리둥절했지만 이내 그 이유를 짐작했다.

'하긴 마왕인 나를 아는 척한다는 건 있을 수 없는 일이겠지.'

아무리 그녀의 로드인 르티아가 마왕들과 어울려 술을 마신다 해도 가디언인 그녀마저 그렇게 할 수는 없는 일이 아니겠는가.

카렌은 용자의 가디언! 따라서 당연히 마왕인 샤크와는 원수와 같은 존재였다.

그런데도 오래전 카렌은 샤크를 살려 주었다. 그것은 샤크가 인간이었을 때의 기억을 가진 특이한 마왕이라는 사실 때문이었는데, 단순히 그 이유만으로 용자의 가디언인 그녀가 마왕을 살려 주었다는 것은 무척이나 이례적인 일이라 할 수 있었다.

"소마왕 샤크! 과연 네가 마왕으로서의 운명이 아닌 네 방식대로 살아가는지 두고 보겠어!"

당시 카렌은 이 말을 남기고 샤크를 떠났다. 샤크가 비록 마왕으로 태어났지만 다른 마왕들처럼 사악한 짓을 하며 살지는 않겠다고 말한 것을 그녀는 믿어 준 것이었다.

그런 카렌의 호의를 샤크는 결코 잊지 않았다. 그녀가 아니었다면 그는 마왕으로서의 힘을 각성하기도 전에 허무하게 스러져 버렸을 테니까. 따라서 이렇게 우연히 카렌과 마주치게 되자 왠지 감회가 새롭지 않을 수 없었다.

그러나 그녀 스스로 샤크를 모른 척하며 고개를 돌려버렸기에 여기서 그녀를 아는 척하는 건 실례였다. 샤크를 알고 있다는 것만으로도 그녀가 무척 곤란한 지경에 이를 수도 있기 때문이리라.

―네가 정말 그때 그 소마왕 샤크가 맞아?

그런데 바로 그때 샤크의 귀로 은밀하게 파고드는 음성이 있었으니! 다름 아닌 카렌이었다.

그녀는 짐짓 관심이 없는 척 다른 곳을 보면서 샤크에게 은밀히 말을 건 것이다. 마음으로 뜻을 전하는 심어(心語)의 형태다 보니 그녀와 샤크 외에는 알아들을 수 없었다. 샤크 역시 심어를 보내는 건 어렵지 않았기에 즉시 대꾸했다.

―물론이다. 내 이름을 잊지 않았군, 카렌.

순간 카렌의 표정에는 놀란 기색이 역력했다.

―역시 너였니? 그런데 어째서 내가 너의 정체를 알아볼 수 없었던 거지?

―그건 당연하다. 지금의 난 내가 가진 기세 정도는 가볍게 감출 수 있는 능력이 있으니까.

그러자 카렌의 두 눈에 다시 감탄의 빛이 어렸다.

―제법이네. 그렇다면 적어도 용자들에게 정체를 들켜 죽을 염려는 없겠는걸.

―그러니 이렇게 살아 있는 것이겠지. 어쨌든 다시 만나서 반갑군. 그때는 고마웠다.

―호호! 고마운 걸 알고 있다니 다행이구나.

―물론이다. 그때 네게 진 빚을 갚고 싶으니 도움이 필요하면 주저 없이 날 찾아와라.

그러자 카렌은 어이가 없다는 듯 고개를 홱 돌려 샤크를 노려봤다. 물론 곧바로 다시 시선을 다른 곳으로 돌렸지만 그녀의 인상은 차가워져 있었다.

―네 뜻은 가상하다만 그럴 일은 없을 거야.

―이유는?

―다른 이유는 없어. 위대한 용자의 가디언인 내가 너 따위 사악한 마왕 녀석에게 도움을 요청할 일이 없다는 뜻이지.

―세상일은 모른다. 네가 나의 도움이 필요한 순간이 생길 수도 있을지 어찌 아느냐?

―호호! 환야가 몽땅 뒤집혀도 그딴 일은 벌어지지 않아. 설령 내가 죽는 한이 있어도 너 따위에게 손을 벌릴 생각은 없단 말이야.

―꽤나 자부심이 강하군. 용자의 가디언이라는 게 그토록 대단한 건가?

―하찮은 마왕 따위와는 비교할 수 없이 고귀한 존재. 그게 바로 용자. 그리고 나는 그의 가디언이지.

순간 샤크의 인상이 살짝 구겨졌다. 그 역시 한때 자신의 생명의 은인이었던 카렌에게 최대한 고마움을 표시한 것인데 이런 식으로 무시를 당하자 그리 기분이 좋을 리 없었다.

―그런데 저기 마왕들과 어울려 술을 퍼마시는 정신 나간 용자 중 하나가 너의 로드 맞냐?

그러자 카렌이 흠칫하더니 입술을 꽉 깨물었다. 샤크가 그녀의 아픈 곳을 찔렀기 때문이었다. 남들에겐 별일이 아닐 수도 있었지만 그녀에게는 매우 심각한 부분이었다.

―로드는 따로 중요한 목적이 있어 마왕들과 만나고 있을 뿐이다.

―마왕과 술을 마셔야 할 만큼 중요한 목적이 대체 뭘까?

―그건 너 따위 마왕이 상관할 바 아니니 신경 쓸 것 없어.

샤크는 카렌의 시무룩하게 굳어진 표정을 보면서 그녀가 속으로는 자신의 로드를 못마땅하게 여기고 있음을 알 수 있었다.

'뭔가 문제가 있나 보군.'

샤크는 힐끗 용자와 마왕들이 어울려 술을 마시고 있는 테이블 쪽에 시선을 두었다가 의미심장한 미소를 지었다.

―나 또한 별로 상관하고 싶은 생각은 없으니 더 이상 묻지 않겠다. 하나 이것은 잊지 마라. 나는 네가 생각하는 마왕들과는 다르다는 것을.

―마왕이 마왕이지 다른 건 뭐야?

―이전에 말했는데 잊었나 보군. 나는 비록 마왕으로 태어났지만 인간의 자아를 가지고 있다고 말이야.

―그게 어쨌다는 거지?

―다시 말하지만 나는 마왕도 인간도 아닌 나의 길을 갈 것이다.

―너의 길?

―나는 오직 나의 방식대로 살겠다는 뜻이다. 그건 네가 우려하는 마왕의 길과는 전혀 다르니 안심해도 좋을 것이다.

순간 카렌은 이전에 샤크가 했던 말이 기억났다. 소마왕이었던 샤크는 스스로 자신의 길을 가겠다 했다. 또한 용자건 마왕이건 그 누구도 찍소리하지 못하게 강해지겠다고도 했다.

―넌 그때나 지금이나 말은 꽤 그럴듯하구나. 하지만 네가 아무리 발버둥 쳐도 마왕의 운명을 피해 네 방식대로 살기란 쉽지 않을 거야.

―그 얘긴 그만하도록 하지. 아무튼 혹시라도 네가 어려움에 처했을 때 나의 도움이 필요하다면 쓸데없이 자존심을 부리지 말고 날 찾아와라. 딱 한 번에 한해서 널 도와주겠다.

그 말을 끝으로 샤크는 매릭이 앉아 있는 바 쪽으로 걸음을 옮겼다. 카렌은 말없이 그의 뒷모습을 쳐다봤다.

'딱 한 번에 한해서 날 도와주겠다……?'

본래라면 헛소리하지 말라고 다시 타박을 놔야 옳았지만, 이상하게도 그녀는 아무런 말도 할 수 없었다. 그는 마치 그녀가 무슨 부탁을 해도 들어줄 수 있을 것 같았기 때문이다. 심지어 그에게 맡기면 어떤 난제라도 해결해 줄 수 있을 것 같은 기이한 기대감마저 들 정도였다.

'미쳤어. 내가 지금 무슨 생각을 하는 거야?'

카렌은 스스로 생각해도 어이가 없어 실소를 지었다.

한편 매릭 역시 이곳 술집 안에 마왕들뿐 아니라, 심지어 용자들도 있다는 사실을 간파한 터였다. 그러나 그는 이와 같은 상황에 꽤 익숙했다. 오르덴의 도시 술집에서는 흔히 있는 일이었으니까.

그리고 이와 같은 상황에서는 특별한 일이 아니면 서로 상관하지 않는 것이 통례였다. 물론 용자들은 다른 용자들을 만났을 때 서로 인사를 하며 관계를 트는 경우가 많지만 마왕들은 달랐다. 그들은 설령 아는 마왕이 있더라도 대부분 모른 척하기 일쑤였다. 하물며 모르는 마왕일 경우 더욱 서로를 상관하지 않았다.

따라서 마왕 일곱과 용자 다섯이 한데 모여 술을 마시고 있는 모습은 매릭이 보기에는 무척이나 엉뚱한 광경이 아닐 수 없었다.

'마왕들이 용자 놈들과 대작을 하다니 미쳤구나!'

천 년 만에 깨어나니 그 사이 환야의 세상도 꽤 달라진 것일까? 이곳이 아무리 분쟁 금지 지역이라 한들 어찌 마왕과 용자가 한자리에 앉아 시시덕거리고 있단 말인가?

'뭔가 이상해.'

대체로 이런 음침한 분위기의 술집에는 용자들이 거의 오지 않는다. 딱 봐도 마왕들에게나 어울릴 법한 장소였으니까. 그런데도 용자들이 들어왔다는 건 뭔가 있었다.

'가만, 저놈들 혹시 타락한 용자들 아니야?'

정의를 수호해야 할 용자들 중에서 자신의 본분을 잊은 자들을 일컬어 타락한 용자라 부른다. 그들이라면 이런 술집에 드나드는 것을 꺼려하지 않을 것이다. 매릭은 비로소 그들이 타락한 용자라고 확신했다.

'마왕들과 타락한 용자들의 회합이라. 뭔가 심상치 않은 일을 벌이려는 모양이군.'

그러나 매릭의 호기심은 딱 거기까지였다. 그는 이내 고개를 돌려버렸다. 저들이 무슨 짓을 벌이든 어차피 그와는 상관없는 일이었기 때문이다. 그는 자신의 앞에 서서 주문을 기다리고 있는 미모의 바텐더 라드나를 향해 퉁명스레 말했다.

"이봐, 여기 모크라드 400디에스 한 병."

"안주는요?"

"적당히 알아서."

"또 필요한 건 없나요?"

"그보다 궁금한 게 좀 있는데……."

그러자 라드나는 흑색의 머릿결을 쓸어 넘기며 묘하게 웃었다.

"뭐가 궁금할까요? 혹시 저에 대해? 비싼 술을 시키셨으니 알려 줄 수도 있어요."

순간 매릭이 음침하게 웃으며 고개를 흔들었다.

"다른 궁금한 게 너무 많으니 너에 대해서는 차차 알도록 하마."

"나 말고 다른 궁금한 게 대체 뭘까요?"

매릭이 인상을 살짝 찌푸렸다.

"너는 내가 온 목적을 이미 짐작하고 있지 않으냐? 특별한 정보가 필요하다."

"홋, 귀한 정보를 알고 싶다면 그 정도론 부족해요."

"정보만 확실하다면 돈이야 얼마든지 쓸 생각이니 염려 마라."

그러자 라드나는 의미심장한 미소를 지으며 고개를 끄덕였다.

"좋아요. 그럼 저를 따라오세요."

곧바로 매릭은 고개를 돌려 샤크를 쳐다봤다.

"로드, 어떻게 하시겠습니까?"

샤크는 매릭과 라드나의 대화를 듣고 있었기에 고개를 끄덕였다.

"따라오라니 가야지."

샤크가 당연하다는 듯 라드나의 뒤를 따라 걸음을 옮기자 매릭도 그의 뒤를 따랐다. 그런 그들의 뒷모습을 카렌은 미간을 찌푸린 채 쳐다보고 있었다.

'저 어린 소년 녀석은 분명 마왕인데……'

마왕이 누군가를 로드라 부르며 굽실대고 있는 모습을 보는 건 무척이나 이상한 일. 카렌뿐 아니라 멀리서 술을 마시는데 몰두하고 있던 마왕들과 용자들 역시 뜻밖이라는 듯 고개를 돌려 샤크와 매릭의 뒷모습을 쳐다봤다.

그러나 그 또한 잠시일 뿐 그들은 별 관심이 없다는 듯 다시 술을 마시는 데 열중했다. 다만 르티아가 무엇 때문인지 자리에서 벌떡 일어섰다.

"나는 손님이 온 것 같으니 잠시 갔다 와야겠다."

그러자 마왕 메드베즈가 고개를 끄덕였다.

"혹시 조금 전 그 녀석들 말입니까?"

"정보를 얻으러 왔으니 알려 줘야지."

"웬만한 건 오르덴들에게 물어보면 쉽게 알 수 있을 텐데 뭣 하러 이곳에 왔을까요?"

"그런 것도 모르느냐? 정식으로 오르덴들에게 정보를 얻으려면 돈이 많이 들기 때문이다. 술집은 돈 없는 여행자들에게는 필수적인 선택. 그로 인해 내가 돈을 버는 것이다."

그 말에 메드베즈는 히죽 웃었다.

"정보란 부르는 게 값이니 최대한 바가지를 씌워 왕창 뜯어내는 겁니다."

"용자인 나보고 그따위 짓을 하란 건가?"

"크흐! 장사에 체면이 어디 있습니까? 돈만 벌면 되는 거지요."

"장사란 신용이다. 그런 식으로 속이면 금방 문 닫아야 한단 말이다. 아무튼 난 다녀올 테니 너희들은 쓸데없이 다투지 말고 술이나 마셔라."

르티아의 말에 메드베즈는 머쓱한 표정을 짓고는 고개를 숙였다. 비록 잠시 농담을 던지기도 했지만 적당한 선을 넘기면 곤란하다. 온화한 표정에 시종 웃음을 그치지 않는 르

자부심 강한 가디언 25

티아가 실상 얼마나 무서운 존재인지를 그에게 죽도록 맞아 본 경험이 있는 메드베즈는 잘 알고 있었던 것이다.

그 사실은 메드베즈 뿐 아니라 이 자리에 앉아 술을 마시고 있는 다른 마왕들과 용자들도 아주 잘 알았다. 특히 그들은 지금껏 르티아의 눈 밖에 났던 마왕이나 용자들이 어떤 꼴을 당했는지 아주 잘 알고 있었다.

그러나 마왕들은 마왕들대로 용자들은 용자들대로 이 자리가 불편해 죽을 지경이었다. 그나마 르티아가 앉아 있을 때는 그런 내색을 하지 않았지만 그가 잠시 자리를 비우자 그들은 대놓고 상대에 대한 불편한 심기를 드러냈다.

"제기랄! 재수 없는 낯짝을 쳐다보고 있으니 넘어올 것 같군."

"닥쳐라! 누군 너희 같은 사악한 마왕 놈들이 좋아서 여기 있는 줄 아느냐?"

마왕들과 용자들의 눈빛이 험악해짐과 동시에 금세라도 한바탕 격전이 벌어질 분위기였다. 그러나 그들은 화만 낼 뿐 그것을 실행으로 옮기지는 않았다.

'저따위 놈들 때문에 나까지 죽을 수는 없지.'

'섣부른 충돌은 어리석은 짓. 하찮은 마왕 놈들의 도발에 말려들지 말자.'

오르덴들이 정한 분쟁 금지 규정을 어기는 것도 문제였지만, 그보다 더욱 두려운 것이 르티아였다. 이 술집에서 한바탕 난리를 피운 사실을 그가 알게 되면 무슨 끔찍한 꼴을 당할지 알 수 없었던 것이다.

멀리서 그 모습을 힐끗 쳐다보고 있던 카렌의 입가에 슬쩍 조소가 피어났다.

'한심한 자들! 싸우려면 제대로 좀 싸울 것이지. 애들 장난하는 것도 아니고, 고작 말장난뿐이야?'

카렌은 이곳 술집에서 마왕들과 용자들의 전투가 벌어지면 얼마나 흥미로울지 잠시 상상해 봤다. 생각만 해 봐도 가슴이 뛰고 신이 났다.

'쳇! 망할 오르덴 녀석들! 어디서 말도 안 되는 이상한 분쟁 금지 규정이라는 걸 만들어 놨을까? 뭐 하긴 그보다 로드가 더욱 문제긴 해.'

카렌은 로드인 르티아만 생각하면 머리가 터져버릴 지경이었다. 그는 가면 갈수록 이상해졌으니까.

그러나 그래도 어쩌겠는가. 그녀는 그의 가디언이다. 그녀는 힘없이 르티아가 사라진 밀실 쪽으로 걸어갔다.

Chapter 2

용자의 본색

끼익.

밀실의 문이 열렸다. 역시나 술집의 분위기 그대로 방의 내부는 조명부터 어두웠다.

"이쪽으로 앉으세요."

라드나는 소파 쪽을 가리켰다. 샤크와 매릭이 앉자 그녀는 쟁반 위에 들고 있던 커다란 술병 하나를 내려놓으며 말했다.

"주문하신 모크라드 400디에스예요. 30베카이고 선불입니다."

샤크가 흔쾌히 30베카를 지불하자 곧바로 문이 열리며 갖가지 푸짐해 보이는 요리들이 쌓인 접시들이 날아 들어왔다. 각각의 접시들은 누군가 조종이라도 하는 듯 척척 알아서 테이블 위에 자리를 잡았다.

쪼륵! 쪼르륵!

그 사이 라드나는 샤크와 매릭의 앞에 놓인 술잔에 모크라드 400디에스라 불리는 술을 가득 따랐다. 샤크가 술에 별 관심을 보이지 않는 데 반해 매릭은 신이 난 표정이었다.

"로드, 일단 한잔 하셔야지요, 헤헤!"

매릭이 귀여운 표정을 지으며 잔을 권하자 샤크는 손을 흔들었다.

"난 신경 쓰지 말고 마셔라."

"예, 로드."

매릭은 기다렸다는 듯 단숨에 잔에 있던 술을 비웠다.

"캬아아! 이거 얼마 만인지. 으흐흐! 아주 죽이네, 죽여! 뭐 해? 한 잔 더 따라 봐라."

쪼륵.

매릭이 빈 잔을 내밀자 라드나가 다시 술을 가득 따랐다. 그러다 그녀는 힐끗 샤크를 쳐다봤지만 그는 술잔을 입 근처에 대지도 않았다.

샤크는 본래도 술을 별로 좋아하지 않았는데, 조금 전 마왕과 용자들이 어울려 진탕 술을 마시는 장면을 본 터라 더더욱 술을 입에 대고 싶은 생각이 사라진 터였다.

그보다 샤크는 용자답지 않은 용자들을 봐서인지 기분이 별로 좋지 않았다. 이번 생에서는 웬만해선 남의 일에 간섭하지 않고 조용히 살려 했지만 왠지 생각할수록 괘씸했다.

'술을 마시는 건 좋다. 그런데 왜 하필 마왕들과 어울려서 마시는 거냐?'

자신들이 믿고 있는 용자들이 마왕들과 술판을 벌이고 있는 꼴을 마왕과 그들의 권속들에게 수난을 당한 인간들이 보았다면 얼마나 절망할지 생각해 보지 않았단 말인가.

'그러고 보면 내 성질도 많이 죽었군.'

아마 전생의 광협 백룡 시절이라면 주먹이 먼저 나갔을 것이다. 샤크는 잠시 갈등했지만 역시 그냥 신경을 끄기로 했다. 용자도 아닌 마왕이 용자들을 훈계한다는 것이 왠지 우습기도 했고, 또한 그런 식으로 하나하나 남의 일에 간섭하다 보면 결국 전생의 삶을 그대로 답습할 것 같아서였다.

'꼴 보기 싫은 놈들이 많으니 빨리 이곳을 떠나는 게 좋겠구나.'

샤크는 라드나를 향해 말했다.

"몇 가지 물어볼 것이 있으니 담당자를 불러라."

그러자 라드나는 묘하게 웃으며 대답했다.

"아아, 이런! 너무 성급하세요. 그런 건 보통 술을 한 병 더 마신 후에……."

"이거면 됐나?"

샤크가 모크라드 400디에스 한 병 값에 해당하는 30베카를 테이블 위에 올려놓자 라드나의 안색이 환해졌다. 그녀는 밀실 안쪽에 은밀히 감춰진 또 하나의 문을 열며 말했다.

"후후, 역시 화끈하시네요. 그런데 비밀의 방은 오직 한 분만 들어갈 수 있는데 누가 들어가실 건가요?"

"내가 가도록 하지."

샤크는 벌떡 일어나 밀실 안에 감춰진 또 다른 밀실로 들어갔다. 의외로 그 안은 텅 비어 있었다.

"여기서 잠시 기다리세요. 그럼 저는 이만."

샤크가 밀실로 들어서자 라드나는 문을 닫았다. 그 순간 밀실의 문이 사라져 버렸다.

아무런 문도 존재하지 않는 듯 밀폐되어 버린 공간!

'특이한 곳이군.'

샤크는 이곳 공간이 밀실이 아닌 일종의 결계 속인 것을 알아냈다. 그 어떤 주술이나 마법으로 만들어진 결계가 아니라 자연적으로 존재하는 결계! 그것은 마치 샤크가 소유한 일루젼 트레저의 결계들과 흡사했다.

 통로가 사라져버린 결계. 따라서 이 결계를 지배하는 누군가가 문을 만들어 열어 주지 않으면 샤크는 꼼짝없이 갇혀 있어야 할 판이었다.

 그러나 샤크가 누구인가? 환야의 가장 강력한 힘인 차원력과 맞서며 스스로의 경지를 높여온 그는 자연 결계 또한 차원력의 흐름이 우연히 만들어 낸 특이한 현상들 중 하나임을 알고 있었다.

 이와 같은 결계를 직접 생성하거나 파괴하는 것은 힘들겠지만 이곳 결계 속에 존재하는 은밀하게 감춰진 틈을 발견하는 것쯤은 샤크에게 그리 어려운 일이 아니었다.

 '바로 저곳이군.'

 샤크의 두 눈이 결계 속 한 곳을 향했다. 텅 빈 공간 같지만 실상 그곳이 결계의 틈이자 감춰진 통로였다. 그 통로를 통해 바깥으로 이동하면 다시 술집의 밀실로 돌아가게 될 것이다.

 '술집이 이 결계와 이어져 있다니 특이하군.'

 오르덴의 다른 술집들도 이런 것일까? 그럴 리 없다. 이와 같은 결계는 그토록 흔하게 발견할 수 있는 것이 아니니까.

츳츳츳!

그때 결계의 틈이 있는 부분에 문이 생겨나더니, 곧바로 문이 열리며 한 명의 금발 청년이 안으로 들어왔다. 그는 아까 마왕들과 대작을 하고 있던 한심한 용자들 중 하나였다.

"기다리게 해서 미안하군. 난 이 술집의 주인인 르티아라고 한다네."

샤크와 눈이 마주치자 금발 청년은 부드럽게 웃으며 말했다.

'르티아? 그렇다면 카렌의 로드가 바로?'

샤크는 오래전 카렌이 자신을 소개할 때 이데스 대륙의 용자 르티아의 가디언이라 말했던 것을 기억했다. 그런데 이 앞의 금발 청년의 이름이 르티아일 줄이야.

물론 이 방대한 환야의 세계에 르티아라는 이름을 가진 이들은 무수히 많을 것이다. 그러나 용자 중에서 그 이름을 쓰는 이가 또 있을까? 샤크는 금발 청년을 노려봤다.

"혹시 이데스 대륙의 용자 르티아가 바로 그대인가?"

금발 청년은 고개를 끄덕였다.

"나를 알고 있었나?"

"이름은 들어봤지. 용자가 오르덴의 도시에서 술집을 운영하고 있다니 뜻밖이군."

 샤크는 못마땅한 기색을 감추지 않았다. 그러자 르티아는 픽 웃었다.

 "용자가 술집을 운영하면 안 된다는 특별한 이유라도 있나?"

 "내가 용자도 아닌데 그걸 어찌 알겠는가."

 "용자가 그대와 같은 마왕에 대해 잘 알 듯, 마왕도 용자에 대해 잘 알텐데 말이야."

 "내가 마왕인 걸 알아챘나? 꽤 제법이군."

 "하하하! 제법이라고? 내가 그런 식의 말을 들어보는 건 무척 오랜만이라네."

 르티아는 샤크의 두 눈을 직시하며 또박또박 말했다.

 "환야에서는 누구도 감히 내게 제법이란 말을 하지 못한다. 적어도 나 르티아가 누군지 잘 아는 이라면 말이야."

 "하지만 나는 네가 얼마나 대단한 존재인지 모르는데 어쩌라는 건가."

 그러자 르티아는 흥미롭다는 듯 샤크를 이리저리 쏘아봤다.

 "어쨌든 길게 말할 필요가 없겠지. 어떤가? 앞으로 나와 친구가 되는 것이."

"뜬금없군."

"난 잡다한 서론을 생략하고 본론부터 꺼내는 성격이지. 그래서 뜬금없게 느껴질 수도 있을 거야."

샤크는 싸늘히 웃으며 대꾸했다.

"너는 마왕과 용자가 친구가 될 수 있다 생각하느냐?"

"안 될 이유는 없지 않나?"

"공생불가. 마왕과 용자는 절대 친구가 될 수 없다."

"그거야 옛말일 뿐 이제는 새로운 법칙이 필요하다."

샤크의 두 눈이 커졌다.

"새 법칙을 만들겠다는 건가?"

"물론이다. 나는 환야의 세계에 새로운 질서를 만들고자 한다. 우리가 허구한 날 싸우는 것도 지겹지 않으냐? 다시 말해 더 이상 마왕과 용자가 싸우지 않고 모두가 공생할 수 있는 길을 만들자는 것이다."

르티아의 표정은 진지했다. 샤크는 그가 처음에는 그저 농담이나 하는 줄 알았는데 지금 들어보니 진심인 것 같았다. 그러나 샤크가 볼 때 르티아의 발상은 그야말로 어처구니없는 생각이었다.

"뜻은 가상하다만 마왕과 용자는 추구하는 바가 상반되지. 하나는 빼앗으려 하고 다른 하나는 지키려 하는데 둘이 어찌 공생이 가능하겠나?"

"그건 염려 마라. 둘 중 하나의 뜻을 바꾸면 되니까."

"뜻을 바꾼다? 둘 중 어느 쪽을 말인가?"

"당연히 마왕들이지. 마왕들이 더 이상 사악한 삶을 살지 않으면 환야는 평화로워질 것이다."

순간 샤크는 어이가 없었다. 환야에서 타락한 용자는 있어도 개과천선한 마왕은 없다 했다. 그런 마왕들에게 사악함을 포기시킬 수 있다 생각하고 있단 말인가?

"너는 마왕들이 스스로 그 길을 포기할 수 있을 것이라 생각하나 보군."

르티아는 고개를 흔들었다.

"난 말이야. 마왕들이 자신의 사악함을 포기할 수 없음을 아주 잘 알고 있어. 하지만 그래도 항상 기회는 준다. 강압적으로 포기하는 것과 스스로 포기하는 것의 차이는 아주 크기 때문이지."

"무모하군. 그건 마치 물을 불로 바꾸려는 것처럼 허망한 짓이다."

"물론 아직까지 그런 마왕은 단 한 놈도 없었다. 다들 미쳤냐고 나를 죽이려 들었지. 그때 내가 택할 수 있는 방법은 무엇이었을까?"

그러자 샤크가 인상을 살짝 찌푸렸다.

"쓸데없이 질문하는 버릇이 있는 것 같군. 그건 상대의 기분을 나쁘게 만드는 좋지 않은 버릇이다. 질문하지 말고 그냥 말해라."

순간 르티아는 일순 멍한 표정을 지었다. 그러다 그는 다시 샤크를 싸늘히 노려보며 입을 열었다.

"보통 이런 경우에 다른 마왕들은 불같이 화를 내며 나와 싸우려 들지 나의 말버릇이 어떻고 하며 그것을 지적한 놈은 없었다."

르티아는 말을 이었다.

"그리고 대부분 이곳이 어디냐고 먼저 묻는다. 그런데 너는 이곳이 어디인지 묻지 않았다. 마치 관심도 없다는 듯 말이야. 설마 너는 이곳이 어디인지 알고 있느냐?"

그러자 샤크는 다시 인상을 찌푸렸다.

"모른다. 내가 이곳이 어딘지 어찌 알겠나?"

르티아는 실소를 흘렸다. 보통 이와 같은 상황에 오게 되면 웬만한 마왕들은 불안에 떨기 마련인데 샤크는 전혀 그런 기색이 없었다.

"좋아. 이제 쓸데없는 말은 관두고 본론을 말하겠다. 선택해라! 네가 나의 뜻을 따르면 나의 친구가 될 수 있지만,

거부할 경우 이곳에서 내게 죽을 것이다. 참고로 이곳 결계는 오르덴의 도시인 트라구다의 내부가 아닌 외부에 위치해 있다. 따라서 그들이 만든 분쟁 금지 규정 따위가 너를 지켜 줄 수 없을 것이다."

샤크가 싸늘히 웃었다.

"이곳이 도시 트라구다의 내부에 위치한 결계가 아니란 것쯤은 이미 짐작하고 있다. 그런데 내가 궁금한 건 네가 과연 나를 죽일 수 있느냐는 것이지. 반대로 네가 내게 죽을 수도 있다는 생각을 해 보지는 않았느냐?"

르티아가 코웃음 쳤다.

"그런 생각은 해 본 적 없다."

"그럼 이제부터라도 생각해 봐라."

"결국 내 말에 따르지 않겠다는 뜻이로군."

"나는 나대로 나의 길을 갈 뿐. 그 누구도 내게 자신의 뜻을 강요할 순 없다."

"그렇다면 어쩔 수 없지."

그 순간 르티아의 전신이 거대해지더니 그의 전신에서 햇살과 같은 광채가 뻗어 나왔다. 마치 빛의 거인과 같은 형상으로 변한 그의 두 눈에서 푸른 섬광이 뇌전처럼 번뜩였다.

"어리석은 마왕 놈! 하여간 마왕 놈들은 좋게 말할 때 알아들는 구석이 없단 말이야."

"네 스스로 생각해도 이것이 억지라는 생각은 들지 않느냐?"

"입 닥쳐! 더 이상 네놈에겐 말이 필요 없다. 네가 가진 마왕의 힘이 내 앞에서 얼마나 무력한지를 몸소 느껴보아라."

그 말과 함께 르티아의 손에서 무수한 광채들이 쏟아져 나왔다.

화악! 화아아악!

눈부신 광채들은 마치 그물처럼 샤크의 전신을 덮어버렸다. 수만 가닥의 광채들이 촘촘히 얽힌 신성한 빛의 그물! 그것은 마왕의 모든 힘을 단숨에 봉인해 버리는 무서운 능력을 가지고 있었다.

그런 만큼 르티아는 샤크가 옴짝달싹할 수 없는 상태로 벌레처럼 널브러질 것임을 의심치 않았다. 지금껏 그의 앞에 섰던 모든 마왕들이 그와 같은 신세로 변했고 그중 일부는 끝까지 저항하다 죽임을 당했다.

콰당!

과연 샤크 또한 그의 예상대로였다. 르티아는 바닥에 무력하게 널브러진 샤크를 노려보며 말했다.

"크흐! 이제 네놈의 처지를 알겠느냐? 마지막으로 살 기회를 주지. 네가 나의 뜻을 따른다면 살 것이고 끝까지 거역하겠다면 지금 즉시 죽을 것이다."

"……."

그러나 샤크는 아무 말도 하지 않았다. 오히려 샤크의 입가에는 차디찬 조소만 피어나 있었다. 이에 르티아의 표정에 분노가 어렸고, 그의 푸른빛으로 빛나는 거대한 눈에서 뇌전이 쏟아져 나왔다.

"어리석은 놈! 너는 이제 네가 상상도 할 수 없는 고통을 느끼게 될 것이다."

콰르르릉! 콰콰콰쾅!

결계의 상공에서 수를 셀 수 없이 많은 뇌전이 형성되어 샤크의 몸체에 작렬하기 시작했다. 끝없이 쏟아지는 뇌전의 공세에 샤크의 몸은 그저 벌레처럼 꿈틀거리기만 했다. 그 모습을 르티아는 차가운 미소를 지으며 지켜봤다.

신성한 빛의 공습!

그것은 마왕과 같은 어둠의 존재들이 가장 두려워하는 것이었다. 신성한 빛의 기운은 그들에게 끔찍한 고통을 주기 때문이었다. 르티아는 그와 같은 공격을 받은 마왕들이 짐승처럼 울부짖으며 자비를 구걸하는 장면을 숱하게 보아왔다.

 그런데 예상과 달리 샤크의 입에서는 그 어떤 신음도 흘러나오지 않았다. 소나기처럼 쏟아져 내리는 빛의 공습에 그의 몸체가 물고기처럼 푸득거리고 있는데도 작은 신음 하나 지르지 않다니, 그 모습을 본 르티아가 오히려 기가 질릴 정도였다.

 '지금껏 내가 본 마왕 놈들 중에 가장 지독한 놈이로군. 저런 놈은 살려둬 봤자 후환만 할 뿐이지.'

 용자가 마왕을 죽이는 건 쉬울 수 있어도 마왕을 살려둔 채로 굴복시키는 건 극도로 어려운 일이었다. 그것은 매우 위험한 일이다 못해 무모한 모험이기도 했다.

 그럼에도 불구하고 르티아는 지금껏 적지 않은 마왕들을 굴복시켜왔다. 그리고 그들을 통제해 왔다. 그것도 매우 성공적으로.

 그것은 그가 애초부터 통제가 불가능한 마왕은 제거해 버렸기 때문이었다. 집에서 기르는 개들의 성격이 제각각 다르듯, 마왕이라 해도 다 같지 않았다. 그중 통제 가능한 마왕을 구별해 낼 수 있는 눈이 있어야 했다.

 물론 보통의 인간이나 이종족들이 보기에 그 모든 마왕들이 다 끔찍한 존재이며 무시무시한 독종이라 느끼겠지만,

그들을 손가락 하나로 죽일 수 있는 능력을 가진 르티아의 입장에서는 마왕들도 오크나 오우거와 같은 몬스터나 다를 바 없었다.

따라서 르티아가 보는 마왕은 두 종류로 나뉘었다.

길들여질 수 있는 존재와 길들여질 수 없는 존재.

르티아는 샤크가 그중 길들여질 수 없는 마왕이라 확신했다. 그런 마왕은 살려 뒀을 때 가장 위험한 존재가 될 가능성이 높기에 반드시 제거해야 했다.

"사악한 마왕이여! 이제 너는 환야의 먼지가 되어 흩어질지어다."

르티아의 오른손에서 빛이 번쩍이는 순간 샤크를 휘감은 빛의 그물이 주먹만 한 크기로 압축되었다가 다시 펴졌다.

파스스스―

빛의 그물의 가공할 압력에 샤크의 몸체는 터져버렸고 그대로 먼지가 되어 흩어졌다. 르티아는 숙연한 눈빛으로 그 모습을 바라보다가 중얼거렸다.

"이것은 우리의 어쩔 수 없는 숙명. 네가 마왕으로 태어난 것이 죄라면 죄겠지."

그는 그 말을 끝으로 손을 슥 들었다.

촤르르르륵!

그러자 빛의 그물이 그의 손으로 빨려들어 사라졌다. 동시에 그의 몸이 빛의 거인의 형상에서 본래의 금발 청년의 모습으로 돌아왔다.

'허억!'

그런데 곧바로 신형을 돌려 결계의 통로로 향하던 르티아는 두 눈을 부릅떴다. 그의 뒤쪽에서 샤크가 멀쩡한 모습으로 그를 노려보고 있었던 것이다.

"네…… 네놈! 죽지 않았다는 말이냐?"

"눈으로 보면서도 그따위 질문을 하는 건가?"

"감히!"

르티아의 두 눈에서 다시 푸른빛이 이글거렸다. 그의 몸이 다시 빛의 거인으로 화할 찰나였다.

"거기까지. 조금이라도 움직이면 너는 죽는다."

샤크의 싸늘한 음성에 르티아의 몸이 움찔 떨렸다. 그는 자신의 목 언저리에 닿아 있는 은빛의 검을 내려다보며 안색이 딱딱하게 굳어지고 말았다.

투명한 은빛의 장검!

그것이 다름 아닌 마왕의 윙 블레이드를 형상화한 것임을 르티아는 잘 알았다. 샤크의 엄포는 결코 과언이 아니었다. 그가 작정하면 르티아의 목은 뎅겅 잘려나가 버릴 것이다.

'이런! 언제 이렇게 빨리!'

그러나 단순히 샤크의 움직임이 빨라서 그가 놀란 것이 아니었다. 샤크의 윙 블레이드에서 피어난 투명한 기운이 르티아의 몸을 꼼짝도 할 수 없게 묶어 버렸기 때문이었다.

그것은 실로 큰 충격이었다. 르티아는 비로소 자신이 샤크의 능력을 과소평가했음을 깨달았다. 샤크가 이토록 강한 마왕인 줄 알았다면 그는 방심하지 않았을 것이고 이토록 쉽게 목을 내주지 않았을 것이다.

"너는 대체 누구냐?"

르티아의 음성이 떨렸다. 샤크가 무뚝뚝한 음성으로 대답했다.

"샤크."

"제길! 누가 이름을 물어봤느냐? 나는 너의 정체를 묻는 것이다."

"마왕."

그러자 르티아는 인상을 일그러뜨렸다.

"지금 나랑 장난하자는 거냐? 단연코 내가 아는 마왕 중에 너와 같은 존재는 없다."

"어리석은 말을 하는군. 세상을 너의 좁은 잣대 안에 가두지 마라. 네놈은 그저 우물 안의 개구리에 불과하다. 그동안 운 좋게 너보다 강한 존재를 만나지 못했을 뿐이지. 이 환야에는 너 따위 녀석보다 강한 마왕이 백사장의 모래알처럼 많을 것이다."

"큭! 네가 나보다 강한 것은 인정한다. 그러나 나보다 강한 마왕이 백사장의 모래알처럼 많다는 것은 인정할 수 없다."

샤크는 싸늘히 웃었다.

"네가 인정하건 말건 그 말은 사실이다. 네놈은 그저 시답잖은 능력을 지닌 마왕 몇 놈들을 대상으로 골목대장 노릇이나 하고 있을 뿐임을 알아야 한다."

"골목대장?"

르티아는 어처구니가 없었다. 그간 가히 수백 명이 넘는 마왕들과 용자들을 휘하로 굴복시켰던 자신이 골목대장 취급을 당하고 있었다. 그것도 정체불명의 한 마왕에게.

'네놈은 절대 살려 둘 수 없어!'

그 순간 르티아의 입가에는 뜻 모를 미소가 걸렸다.

'마왕 샤크! 너는 무척 강하다. 그러나 환야에서는 단순히 실력이 강한 것만이 최선은 아니지.'

그때 샤크가 담담히 말했다.

"르티아, 네놈이 얼빠진 마왕들과 용자들을 이끌고 무슨 수작을 부리든 나와는 관계없는 일이다. 두 번 다시 날 건드리지 마라. 난 조용히 살고 싶으니 말이야. 내가 술집에 온 건 몇 가지 정보를 얻고 싶었을 뿐이지, 너 같은 놈과 싸우러 온 것이 아니다."

그 말과 함께 샤크는 르티아의 목을 겨눴던 윙 블레이드를 거뒀다. 그러자 르티아의 눈빛이 살짝 흔들렸다.

"이해하기 힘들군. 내가 널 죽이려 했는데도 날 살려 주는 건가?"

"네가 마왕이었다면 가차 없이 죽였을 것이다. 용자라서 살려 둔 것뿐이지."

그 말에 르티아는 더욱 이해할 수 없다는 표정이었다.

'내가 용자라는 이유로 살려 준다?'

그것은 르티아가 생각하기에 그 어떤 논리로도 이해할 수 없는 황당한 소리였다. 그는 샤크가 자신을 놀린다 생각했는지 다시 인상을 구겼다.

"지금 혹시 나를 조롱하는 건가?"

그러자 샤크가 귀찮다는 듯 르티아를 힐끗 노려봤다.

"다시 말하지만 난 네가 용자라서 살려 둔 것뿐, 다른 이유는 없다."

샤크는 르티아를 보며 문득 전생의 자신이 떠올랐다. 르티아가 마왕들을 굴복시켜 환야의 세계에 평화를 실현시키겠다는 마음은 광협 백룡이 마도와 사도 무리들을 굴복시켜 협의를 실현하려 했던 것과 흡사했던 것이다.

그와 같은 일은 결국 실패로 끝이 났다. 아마 르티아 역시 머지않아 크나큰 좌절을 겪게 될 것이다.

샤크는 여전히 복잡한 눈빛으로 자신을 쳐다보고 있는 르티아를 향해 다시 말했다.

"내 말을 굳이 이해하려고 하지 마라. 그보다 충고 하나 하지."

"충고라. 어디 들어보지."

"배신을 당하지 않도록 조심해라. 너의 뜻이 아무리 좋아도 방식이 너무 과격하면 마왕이 아니라 용자들이 너를 배신할 수도 있으니까."

그 말에 르티아의 두 눈이 커졌다. 샤크의 입에서 나오는 말은 르티아가 도무지 예측할 수 없는 것들이었다. 용자들이 배신할 수도 있으니 너무 과격하게 다루지 마라! 이게 어찌 마왕의 입에서 나오는 충고일 수 있다는 말인가?

"난 도무지 너의 정체를 알 수 없군."

"기억력이 나쁜가? 도대체 내가 마왕이라는 사실을 몇 번이나 얘기해야 하는 거지? 또다시 나의 정체를 물었다간

네 녀석의 귀가 정상인지 끄집어내서 살펴볼 수도 있다."

"……."

르티아는 잠시 멍한 표정으로 샤크를 쳐다봤다. 샤크가 마지막에 한 경고는 과연 마왕다운 것이었다. 그런 것을 보면 그가 마왕인 것은 맞는 것 같지만, 아까 용자라서 살려준다는 말을 떠올려보면 그것은 절대 마왕이 할 수 있는 얘기가 아니었다.

'마왕 샤크! 네놈의 정체가 무엇인지 여전히 잘 모르겠지만 어차피 그건 상관없다. 감히 나를 위협할 만한 존재인 네놈을 이대로 살려 둘 순 없는 일. 네놈은 하필 나의 눈에 띈 것을 탓해야 할 것이다. 크흐흐흐!'

샤크를 노려보는 르티아의 두 눈에서 돌연 음침한 빛이 번쩍였다. 그 순간 그의 모습이 그 자리에서 환영처럼 사라져 버렸다. 동시에 샤크가 서 있던 공간이 마치 지진처럼 갈라졌고 그 아래에서 까마득한 무저갱과 같은 짙은 어둠이 모습을 드러냈다.

Chapter 3
파멸의 입

콰아아아아―

놀랍게도 그것은 거대한 입의 형상이었다. 쩍 벌어진 입 속에서 시커먼 혓바닥이 튀어나와 샤크를 휘감았다.

그러나 그것은 샤크의 몸 주위로 뻗어 나간 무형강기를 뚫지 못하고 주변을 맴돌았고 급기야 거대한 흑색의 소용돌이를 이루었다.

촤르르르―

소름 끼치도록 섬뜩한 어둠의 소용돌이! 그것의 중심에 샤크가 있었다. 이런 상황에 처한다면 누구나 공포에 질리

거나 크게 당황할 법도 한데 샤크의 표정은 담담하기만 했다. 그는 힐끗 결계의 한쪽을 노려봤다.

"지금 나와 무엇을 하자는 건가?"

순간 샤크의 시선이 닿는 공간에 살짝 파문이 일었다. 그곳에 은신해 있던 르티아는 샤크가 자신의 위치를 알아본 것에 경악하고 말았다.

"놀랍구나. 너는 어떻게 내가 이곳에 있는 것을 알았느냐?"

"나의 질문에나 먼저 답해라. 너는 지금 나와 무엇을 하자는 거지?"

그러자 르티아의 입가에 득의만만한 미소가 맺혔다.

"보면 모르느냐? 너 따위 사악한 마왕을 살려 둔다는 건 있을 수 없는 일. 순순히 죽음을 받아들이는 것이 어떠냐?"

"날 죽일 수 있다 생각하느냐?"

"어리석은 놈! 너를 둘러싼 그 어둠이 어떤 것인지 알려주지. 네놈은 혹시 일루전 트레저에 대해 들어보았느냐?"

"환야의 세계에 존재한다는 기이한 보물들 말이냐?"

"크큭! 이제 왜 네가 죽을 수밖에 없는지 그 이유를 알겠느냐? 네놈이 이 결계 안에 들어온 이상 파멸의 입으로부터 절대 벗어나지 못한다."

"저것이 파멸의 입이라는 일루전 트레저인가 보군."

"다른 일루전 트레저들과 달리 파멸의 입은 오직 이곳 결계 안에서만 능력을 발휘한다. 그러나 그런 한계가 있는 만큼, 적어도 이 결계 안에서는 절대적이다. 보이느냐? 저기 무저갱처럼 보이는 저 섬뜩한 어둠이 바로 파멸의 입이고 그 안으로 끌려들어 가게 되면 네놈이 아무리 대단한 능력의 마왕이라 해도 즉사하고 말 것이다."

"……!"

비로소 샤크의 표정이 굳어졌다. 사실 샤크 역시 지금 자신을 포위한 정체불명의 어둠에서 미증유의 차원력과 흡사한 가공할 기운이 느껴지고 있어 내심 꺼림칙했었다.

그런데 그의 표정이 굳어진 진정한 이유는 그것 때문이 아니었다. 일루전 트레저가 가진 신비하고 강력한 힘을 사용하고 나면 얼마나 끔찍한 대가를 치러야 하는지를 잘 아는 까닭이었다.

일루전 트레저는 아무리 그것의 소유자라 할지라도 거저 힘을 빌려 주지 않는다. 반드시 인간이나 이종족의 영혼들을 그 제물로 요구하는 것이다.

따라서 사악한 마왕들이라면 모를까 정의의 상징과도 같은 용자가 일루전 트레저의 힘을 사용한다는 것은 상상도 하기 힘든 일이었다. 용자가 어찌 자신이 목숨을 걸고 지켜야 할 인간의 영혼들을 대가로 주며 일루전 트레저와 거래를 한단 말인가.

곧바로 르티아를 노려보는 샤크의 두 눈에서 차갑기 이를 데 없는 빛이 번쩍였다.

"용자 르티아! 네놈은 일루전 트레저의 힘을 사용하면 어떤 대가를 치러야 하는지 알고 있느냐?"

"그걸 어찌 모르겠느냐? 그렇지 않아도 네놈 때문에 인간 십만 명의 영혼을 제물로 바치게 생겨 기분이 썩 좋지는 않구나."

르티아는 씁쓸히 웃으며 대꾸했다. 샤크는 어이가 없었다. 십만 명의 영혼을 제물로 바친다? 저게 제정신인가?

"으득! 네놈이 용자이면서 어찌 그런 사악한 일을 할 수 있느냐?"

"하하하! 마왕답지 않게 어리석은 질문을 하는군. 대를 위해 소를 희생하는 건 마땅한 일이다."

"대를 위한 희생이라! 그 수많은 인간의 영혼들을 제물로 바치면서까지 네가 얻고자 하는 대(大)는 무엇이냐?"

"바로 너와 같은 사악한 마왕을 제거하는 것이지. 난 네놈을 죽이기 위해서라면 그만한 희생 따위는 얼마든지 감수할 수 있다."

샤크의 눈빛이 차갑게 가라앉았다.

"용자인 네가 마왕인 나를 제거하고자 하는 마음은 충분히 이해할 수 있다. 허나 네놈이 진정 제대로 된 용자라면 적어도 인간들의 영혼을 제물 삼아 일루전 트레저의 힘을 빌리는 일만은 하지 말아야 했다."

"크하하하! 인간의 영혼을 간식 삼아 먹는 마왕 따위가 그런 충고를 하다니, 너 스스로 생각해도 이상하지 않으냐?"

"내가 실수했군. 널 죽여 버렸어야 했는데."

"헛소리 말고 그만 사라져라!"

어둠의 기운이 폭풍처럼 샤크의 몸을 휘돌았다.

촤아아아!

그러나 샤크의 두 눈에서 새하얀 섬광이 이는 순간, 그의 주위를 휘돌던 어둠의 소용돌이가 흔적도 없이 사라져 버렸다. 그것을 본 르티아는 깜짝 놀랐다.

'파멸의 혀를 소멸시켜버리다니!'

파멸의 혀! 그것은 일루전 트레저인 파멸의 입에서 뻗어나온 절대 속박의 힘이었다. 그러나 르티아는 당황하지 않았다. 아직 파멸의 입이 보여준 능력은 극히 일부에 불과했으니까.

촤아아! 촤아아아아!

곧바로 파멸의 입에서 수천여 개의 혀가 쏟아져 나와 샤크를 휘감았다. 샤크의 몸에서 칼날 같은 강기들이 뻗어 나가며 그것들을 날려버렸지만, 그것들은 사라지는 즉시 다시 생성되어 샤크를 압박해 왔다.

그 모습을 본 르티아가 득의만만한 미소를 흘렸다.

"크큭! 한낱 마왕 따위가 감히 미증유의 힘을 가진 파멸의 입에 맞서려 하느냐? 네놈은 거친 바다에 빠진 일개 맹수에 불과하다. 맹수가 아무리 용을 쓴다 해도 곧 숨이 막혀 죽게 되겠지. 네 꼴이 바로 그와 같다는 것을 알고 있느냐?"

"그 전에 네놈부터 죽여주지."

샤크의 두 눈에서 빛이 번뜩이는 순간 새하얀 강기들의 광채가 르티아를 향해 뻗어 나왔다. 그러나 그것들은 파멸의 입이 형성한 혀들에 의해 가로막혔다.

콰쾅! 콰콰콰쾅!

샤크가 날린 강기 하나가 파멸의 혀 십여 개를 날려버릴 정도로 강력했지만 혀들은 가히 무한대의 재생능력을 가지고 있었다.

파악!

그러나 그 와중에도 끝까지 날아간 강기 하나가 르티아의 왼팔을 스치고 지나갔다.

"크윽!"

그저 스쳤을 뿐인데 르티아의 왼팔이 부르르 떨리더니 팍 터져 버렸다. 르티아는 심장이 철렁 내려앉는 듯했다.

'크으, 빌어먹을! 이걸 믿어야 한단 말인가?'

이미 오래전 육체의 한계를 초월한 그였기에 날아간 왼팔 정도야 얼마든지 복구할 수 있었다. 그러나 그는 샤크가 진정 두려웠다.

'정말 소름 끼치는 놈이로군.'

이곳에 남아 있다가 자칫 자신이 죽을지도 모른다는 생각에 르티아는 황급히 결계를 빠져나갔다. 어차피 그가 직접 눈으로 보지 않아도 샤크가 파멸의 입을 당해낼 수 없음을 확신하기 때문이었다.

콰당!

밀실의 문이 부서지듯 열렸고 왼쪽 어깨가 피투성이로 변한 르티아가 비틀거리며 튀어 나갔다. 순간 술을 마시고 있던 매릭과 라드나가 깜짝 놀라 그를 쳐다봤다.

"엉?"

"마, 마스터!"

그러나 가장 놀란 것은 밀실 문 앞에서 초조한 표정으로 대기하고 있던 카렌이었다.

'이럴 수가! 로드의 왼팔이?'

르티아의 왼팔이 사라졌다. 카렌은 르티아가 지금과 같은 큰 부상을 입은 것을 단 한 번도 본 적이 없었다. 그녀는 황급히 르티아를 부축했다.

"로드! 어찌 된 일이죠?"

"별일 아니니 신경 쓸 것 없어."

르티아는 인상을 찌푸리더니 밀실 문을 향해 남은 한 손을 뻗었다. 순간 그가 나왔던 밀실의 문이 흔적도 없이 사라져 버렸다.

'크큭! 결계의 통로를 완전히 봉쇄해 버렸으니 그 어떤 기적이 일어난다 해도 놈은 그곳을 빠져나올 수 없다.'

문제는 그로 인해 이제 르티아 역시 이곳 술집에서 파멸의 입이 위치한 결계로 이동하는 것이 불가능해졌다는 것.

그는 씁쓸히 웃었다.

'앞으로 이곳에서 마왕들을 포섭하기는 어렵겠군.'

일루전 트레저인 파멸의 입이 위치한 결계는 이곳 오르

덴의 도시 트라구다에서 아득히 멀리 떨어진 곳에 위치한 터라, 오르덴들의 분쟁금지 규정을 신경 쓸 필요가 없었다.

그러나 이곳 술집은 엄연히 오르덴들의 영역! 이곳에서 공연히 분쟁을 일으킬 경우 자칫 오르덴들의 공적이 되어 골치 아픈 일이 발생할 수 있었다.

'제기랄! 그 괴물 같은 마왕 놈 때문에 어렵게 연결한 결계의 통로를 날려 버리고 말았구나.'

그래도 르티아는 샤크를 해치울 수 있어 흡족했다. 그는 환야에서 자신 외에 그와 같은 강력한 존재가 존재하고 있다는 것을 용납할 수 없었으니까.

그러다 문득 그는 한 가지 불안한 생각이 들었다.

'잠깐! 만일 놈에게도 일루전 트레저가 있다면?'

경황 중이라 거기까지는 생각해 보지 않았다. 그러나 만일 샤크가 파멸의 입 못지않은 일루전 트레저를 소유하고 있다면 어떤 식으로든 그곳 결계에서 빠져나갈 가능성이 높았다.

'그럴 리가 없다.'

르티아는 불현듯 떠올랐던 불안을 그저 쓸데없는 기우라 여겼다.

'그놈에게 일루전 트레저가 있었다면 그런 식으로 당하

고 있을 리가 없겠지.'

일루전 트레저는 무척이나 희귀한 보물들이라, 웬만한 용자들이나 마왕들은 오랜 세월을 환야에서 지내고도 그것들을 구경조차 해 보지 못한다.

르티아 역시 오랜 세월을 지내며 고작 세 개를 얻었을 뿐이었다. 그중에서 첫 번째로 얻었던 것이 바로 파멸의 입이었던 것이다.

당시 용자로서 묵묵히 살아왔던 그에게 일루전 트레저의 발견은 그야말로 충격적인 사건이었다. 환야를 거머쥘 수 있는 가공할 힘이 그것에 있었으니까.

사실 그때까지 용자로서 르티아의 삶은 무척이나 지루했고 무료했으며 심지어 그는 삶의 보람조차 느끼지 못했다.

사악한 마왕과 싸워 인간들의 세계를 보호해 주면 뭐하는가? 그들은 처음엔 그것을 고마워했지만, 나중에는 그것을 당연히 여겼다. 오히려 마왕의 공격에 조금이라도 대응이 늦으면 용자를 원망했다.

용자가 마왕들과 싸우는 것이 얼마나 끔찍한 일인지 그들은 알지 못했다. 용자가 때론 부상을 입을 수도 있다는 것도 마찬가지. 그들은 적어도 용자라면 그런 걸 당연히 감수해야 한다고 생각했다.

그렇게 모든 것을 당연히 여기는 인간들을 위해 환야에서 가장 험악한 존재들인 마왕들과 싸워오던 르티아는, 어느 날 문득 자신의 삶에 회의가 느껴졌다.

'나는 대체 무엇 때문에 용자의 삶을 살고 있는 것인가? 나 자신을 위해서? 아니면 배은망덕한 인간들을 위해서?'

그는 답을 찾을 수 없었지만, 그러한 회의감과 별개로 용자로서의 임무는 충실히 수행했다. 그 이유는 그가 달리 할 일이 없었기 때문이다. 삶의 보람이 있든 없든, 그동안 용자로서 살아왔으니 그것이 당연했다.

그렇게 삶의 익숙한 습관처럼 그는 마왕들과 싸웠고 자신의 세계를 지켰다. 그는 갈수록 강해졌고 웬만한 마왕들은 그의 이름만 듣고도 벌벌 떨었다.

그러던 그에게 특별한 일이 벌어지고 말았으니! 환야의 세계에 존재하는 기이한 보물이라 불리는 일루전 트레저, 그중 하나인 파멸의 입을 그가 얻었던 것이다.

아마 그 일이 없었다면 그는 지금도 허무에 빠진 내면과는 달리 겉으로는 모범적인 용자의 삶을 살고 있었을지도 모른다.

그러나 파멸의 입은 그에게 기존에는 상상도 못 했던 엄청난 능력을 제공하는 대신, 용자로서는 차마 할 수 없는 끔찍한 제물을 요구했으니!

바로 인간들의 영혼을 제물로 바치라는 것이었다.

그것은 르티아가 당시 아무리 용자로서의 삶이 허무하다 한들 절대로 용인할 수 없는 일이었다. 그러나 그는 파멸의 입이 주는 그 악마적인 유혹에 마음이 조금씩 흔들리기 시작했다.

그러다 어느 날 그가 상대하기 벅찬 한 마왕과 전투를 벌이던 중 자신도 모르게 그 힘을 사용하고 말았다.

그때 그는 자신 못지않은 전투력을 지닌 마왕이 파멸의 입 앞에서 한낱 벌레처럼 무력하게 찢겨지는 모습을 보았다.

그 이후로 그가 추구했던 삶의 방향이 달라졌다. 일루전 트레저의 힘을 바탕으로 환야의 세계를 제패해 진정한 평화를 이룩하기로!

그것을 위해서 인간들의 희생이 다수 필요하지만, 진정한 평화를 위해서 그 정도 희생은 어쩔 수 없다 생각했다.

물론 이와 같은 사실은 르티아의 가디언들도 알지 못하는 비밀이었다. 지금껏 그는 스스로의 힘으로 상대하기 벅찬 강력한 마왕이나, 혹은 용자들을 제거할 때만 은밀히 일루전 트레저를 사용했기 때문이다.

다시 말해 그가 일루전 트레저를 소유하고 있다는 사실을 알고 있는 이들은 모두 죽었기에, 그로서는 완벽하게 비밀을 지킬 수 있었다.

한편 그때 카렌은 기막히다는 표정을 지었다.

"팔이 하나 사라졌는데 별일이 아니라고요? 대체 안에서 무슨 일이 있었죠?"

그러자 르티아는 대답 대신 잘린 어깨를 다른 쪽 손으로 슬쩍 주물렀다. 순간 허전하게 비어 있던 왼쪽 어깨로부터 새 팔이 쑥 솟아나왔다.

순식간에 본래의 모습을 회복한 르티아는 마치 아무런 일도 없었던 것처럼 담담한 미소를 지었다.

"카렌! 네가 보다시피 이런 건 내게 별일 아니니 신경 쓰지 마라. 그리고 저 방안의 일은 네가 알 필요 없으니 두 번 다시 묻지 말도록."

"예, 로드."

카렌은 르티아의 말에 절대복종해야 하는 가디언. 그녀는 더 이상 자신의 로드가 원하지 않는 질문을 하지 않겠다고 다짐했다.

그러나 닫은 것은 그녀의 입일 뿐, 머리에서는 여전히 짙은 의문이 사라지지 않았다. 물론 그녀는 대충 저 방 안에서 어떤 일이 벌어졌을지 짐작하고 있었다.

예전에도 이와 같은 일이 제법 있었으니까. 저 비밀의 방 안에 들어갔던 이들 중 두 번 다시 나오지 못했던 이들. 그들은 모두 마왕이었고 르티아의 손에 죽었을 것이 분명했다. 따라서 아마도 샤크 역시 죽었을 것이다.

오르덴들의 도시에서 마왕을 죽이다니! 그러나 기이하게도 지금껏 오르덴들은 그로 인해 르티아에게 그 어떤 간섭도 하지 않았다. 아니, 그들은 마치 그 일에 대해 모르는 것 같았다.

그것은 르티아의 가디언인 카렌에게도 무척 기이한 일이 아닐 수 없었다.

'대체 저 방에는 무슨 비밀이 있을까? 왜 오르덴들이 저 방에서 벌어지는 일은 아무런 간섭도 하지 않는 것일까?'

카렌은 오늘 특히 저 방의 비밀이 궁금했다. 그 이유는 아마도 샤크 때문일 것이다. 어차피 샤크도 마왕일 뿐이니 그가 죽었다면 카렌으로서는 반길만한 일이지만, 왠지 씁쓸하게 느껴지는 이유는 무엇일까?

카렌은 짐짓 샤크에게 차갑게 대했지만, 그가 인간의 기억을 가진 마왕이라 말하며 스스로 자신의 길을 가겠다고 했던 만큼 한편으로 정말 그렇게 살아갔으면 하는 바람이 있었던 것이다.

'차라리 잘 된 건지도 몰라. 마왕이 인간의 자아를 가지고 있다면 사는 것 자체가 고통일 수도 있을 테지.'

한편 샤크가 정보를 얻겠다며 밀실에 들어갔다가 돌아오지 않자, 뭔가 심상치 않은 일이 벌어진 것을 알게 된 매릭은 르티아를 차갑게 쏘아봤다.

"그는 어디 있느냐?"

그러자 르티아는 비릿하게 웃으며 대답했다.

"후훗, 이미 짐작하고 있으면서 묻는 이유는 뭔가? 내가 그대라면 이 상황에 오히려 기뻐할 텐데 말이야."

순간 매릭의 두 눈이 커졌다. 그가 어찌 르티아의 말이 의미하는 바를 짐작하지 못하겠는가.

물론 매릭으로서는 샤크가 죽었다면 그처럼 신이 나는 일은 없을 것이다. 그는 어쩔 수 없이 샤크에게 굴복했을 뿐이다. 죽지 않기 위해서 말이다. 따라서 샤크가 진정으로 죽었다면 이 상황에서 그만큼 기뻐할 만한 자도 없었다.

그러나 매릭은 샤크가 그리 쉽게 죽을 만한 존재가 아님을 잘 안다. 이 방대한 환야의 세계에서 가장 강한 존재가 그일 것이라 내심 확신할 정도이니까.

"그를 어떻게 죽였느냐?"

"죽이다니! 누가 들으면 마치 내가 그를 죽인 것처럼 생각하겠군."

르티아는 기이한 미소를 짓더니 한쪽 벽을 가리켰다. 그곳에는 조금 전까지 밀실의 문이 있었는데 지금은 그런 흔적조차 보이지 않았다.

"저곳엔 애초부터 아무것도 없었다. 그러니 그가 죽었다 해도 나와 상관없는 일이지."

매릭은 인상을 구겼다.

"지금 그걸 나보고 믿으라는 건 아니겠지?"

"후훗, 믿건 말건 그거야 내가 알 바 아니야. 그런데 설령 내가 그를 죽였다 한들 그로 인해 내게 복수라도 할 생각인가?"

"내가 그와 무슨 관계라고 복수를 한다는 말이냐?"

매릭으로서는 샤크가 정말 죽었다면 펄쩍 뛰며 좋아할 일이었다. 다만 그가 진짜 죽었는지 확신할 수 없어 불안할 뿐. 매릭은 르티아를 쏘아봤다.

"그런데 네놈은 용자치고는 무척 교활하구나. 너 같은 용자 놈은 또 처음 본다."

그러자 르티아는 의미심장한 미소를 지었다.

"이유야 어쨌든 그대에게 손해 보는 일은 아니라고 생각한다. 그러니 쓸데없이 소란을 일으키지 말고 조용히 술이나 마시다 가는 게 어떠냐?"

매릭이 웃었다.

"네가 날 건드리지만 않는다면 굳이 문제를 일으킬 이유는 없겠지."

"그럼 특별히 원하는 만큼 공짜로 술을 마시게 해 주마."

"생각 없어."

매릭은 즉시 술잔을 내려놓고 자리에서 일어났다. 르티아는 원 없이 공짜 술을 주겠다고 말했지만, 매릭으로서는 왠지 불안했다.

르티아가 샤크를 죽일 정도면 매릭을 죽이는 건 일도 아닐 것이다. 게다가 르티아는 오르덴들의 도시에서 그와 같은 일을 벌였다. 그것이 더욱 그의 마음을 불안하게 만들었다.

'저런 놈과는 가급적 마주치지 않는 게 현명하다.'

곧바로 바람처럼 술집을 빠져나온 매릭의 표정은 처음에는 굳어 있다가 점차 풀렸다. 그의 입가에 점점 희열의 미소가 번지기 시작했다.

'그놈이 정말 죽은 건가? 그 망할 놈이 정말 죽어? 흐흐

흐! 이렇게 좋을 수가!'

세상 무서운 줄 모르고 날뛰던 샤크가, 그보다 더욱 강한 용자를 만나 쥐도 새도 모르게 죽임을 당했다고 생각하자 매릭은 무척 통쾌했다.

'키킥! 언제고 이런 날이 올 줄은 알았지만 이렇게 빨리 자유를 되찾을 줄은 몰랐구나.'

매릭은 문득 샤크에게 당했던 갖은 굴욕들이 생각났다. 마왕인 그가 샤크로 인해 인간인 로니안과 라우벤에게까지 굽실거려야 하지 않았던가. 심지어 마족 루델까지 그들을 등에 업고 그를 무시했다.

'크득! 로니안! 라우벤! 루델! 이제 너희들에게 내가 어떤 존재인지 처절히 느끼게 해 주겠다.'

라우벤과 로니안에게는 샤크가 준 특별한 채찍 무기가 있지만, 매릭이라면 그들이 채찍을 꺼내 들기도 전에 해치우는 것은 어려운 일이 아니었다. 그동안 그렇게 하지 못한 것은 샤크 때문이었지, 매릭이 약해서 당한 것은 아니었다.

매릭은 먼저 라우벤과 로니안을 찾아 나섰다. 그들 조손은 마법의 원반을 타고 도시 트라구다의 정경을 구경하고, 맛있는 음식도 먹으며 즐거운 시간을 보내고 있었다.

"로니안 누나, 라우벤 할아버지! 이곳에 있는 걸 모르고 한참을 찾았지 뭐야?"

매릭은 샤크가 죽었다는 사실을 숨긴 채 평소처럼 그들에게 접근했다. 그가 그들을 제대로 손봐주려면 이들을 어떻게든 설득해 트라구다에서 나가야 했다. 도시 안에서는 오르덴들의 분쟁금지규정이 있어 작은 협박조차 마음대로 할 수 없기 때문이다.

"네 이놈! 저리 가지 못하느냐?"

라우벤은 매릭이 나타나자 못마땅한 기색을 드러냈다. 자신들이 몬스터의 모습을 감추기 위해 후드를 두르고 있는 것이 누구 때문인가? 아무리 후드를 두른다 해도 몬스터의 모습을 완전히 감추기란 불가능했다.

생각 같아서는 채찍을 휘둘러 매릭을 한바탕 고통스럽게 하고 싶었지만, 오르덴의 도시에서는 그것이 금지되어 있어 통탄스러웠다.

그와 같은 심정은 라우벤 뿐 아니라 로니안도 동일했기에 그녀 역시 매릭을 차갑게 쏘아봤다.

"너 또 뭐야? 누나가 지금 바쁘거든?"

"즐거운 시간을 보내는 데 방해가 되었다면 미안해, 누나."

"미안한 줄 알면 저리 꺼져 줄래?"

마왕보고 꺼지라니! 세상이 거꾸로 돌아가도 어느 정도이지 어찌 한낱 인간 소녀 따위의 입에서 저리 건방진 말이 나온다는 말인가?

이는 모든 것이 다 샤크 때문에 벌어진 일. 그러나 그가 죽은 이상 이제 그것도 끝이다.

'너희들에게 처절한 절망을 느끼게 해 주마. 그냥 죽이지 않고 두고두고 괴롭히다 죽여주마.'

매릭은 속으로 이를 갈았지만, 겉으로는 실실거리며 웃었다.

"헤헷! 나 실은 로드의 말을 전하러 왔단 말이야."

"로드께서 뭐라 하셨는데?"

매릭이 샤크의 말을 전한다고 하자 로니안은 관심을 보였다. 매릭은 즉시 말했다.

"로드는 오늘 당장 트라구다를 떠나 저주를 풀러 간다고 했어."

"그게 정말이야?"

"응. 다른 일행들은 모두 도시 밖으로 먼저 나갔으니 우리도 서둘러야 해."

라우벤과 로니안은 반색했다. 그들에게 있어 저주를 푸는 것보다 중요한 것은 없었다. 트라구다에 아무리 신비한

풍경들이 존재하고 맛있는 요리들이 즐비한다 해도, 그런 것들을 즐기는 것보다 저주를 푸는 것이 무조건 우선이었다.

"그럼 지금 즉시 우리를 로드께서 있는 곳으로 안내해."

"후후, 어서 날 따라와."

매릭은 앞장서서 걸었다. 라우벤과 로니안은 설레는 마음으로 그의 뒤를 따라 걸었다. 그들은 앞서 걷는 매릭이 그야말로 음침하기 짝이 없는 표정으로 키득거리고 있음을 보지 못했다.

Chapter 4

마왕의 본색

"로니안, 조금만 참거라. 이제 곧 우리의 저주가 풀릴 것이다."

"호호! 본래 모습으로 돌아간다 생각하니 정말 꿈만 같아요."

"너 이 녀석! 이번에 저주가 풀리면 두 번 다시 저따위 사악한 마왕을 소환하는 어리석은 짓을 해선 안 된다. 네가 또 그런 철없는 짓을 했다간 로드께서 너의 두 다리를 아예 툭 부러뜨려 버리실 게다."

"제가 바보인가요? 절대 그럴 일은 없을 거예요."

"허허허! 그래야지."

그런 그들을 매릭은 비웃었다. 그는 저따위 사악한 마왕이라는 말이 바로 자신을 두고 하는 말임을 잘 알았다.

'어리석은 것들! 실컷 웃어라. 잠시 후면 너희들의 그 웃음은 통곡으로 변하게 될 테니까.'

오르덴의 도시로 진입하는 건 무척이나 까다롭지만 나갈 땐 아주 자유롭다. 물론 상점에서 물건을 훔치거나 술집에서 술값을 안 내고 도망가는 경우라면 그 즉시 체포되지만, 그런 특별한 경우가 아니라면 마치 집밖을 나서듯 자유롭게 도시를 떠날 수 있는 것이다.

지금도 마찬가지였다. 도시의 출입문 앞에 선 오르덴 경비병들은 매릭과 라우벤 등을 보면서도 그들을 막아서지 않았다. 경비병 옆에 서 있던 오르덴 안내원들은 친절한 미소를 지으며 송별의 말을 하기도 했다.

"여행자들이여! 안녕히 가십시오. 트라구다에 다시 오신다면 언제든 환영입니다."

"호호! 다음에 또 방문해 주실 거죠?"

라우벤과 로니안은 유쾌한 미소를 지으며 오르덴들에게 손을 흔들어 주었다. 매릭이 그들을 재촉했다.

"자, 로드께서 기다리니 서둘러."

매릭은 라우벤과 로니안이 천천히 걸어오는 것이 불만이었다. 생각 같아서는 둘 다 패대기친 후 머리채를 질질 끌고 나가고 싶은 심정이었지만, 여기서 그런 일을 벌였다간 그는 오르덴들의 적이 되고 말 것이다.

'망할 것들이 왜 저리 늦게 오는 거야? 제길! 이러다 그 용자 놈이 오기라도 하면 골치 아파지는데.'

샤크가 사라진 이후, 일행 중 매릭을 꺼림칙하게 할 만한 존재는 용자 아르메스밖에 없었다. 그 역시 용자인 터라 매릭이 쉽게 이길 수 있는 상대가 아니었던 것이다.

또한 눈치 빠른 마족 루델도 문제였다. 루델이라면 매릭이 다짜고짜 도시 바깥으로 라우벤 등을 데려가는 것을 미심쩍어하며, 틀림없이 뭔가 꿍꿍이가 있다 의심할 가능성이 높았다.

그런데 공교롭게도 그때 루델이 나타났다. 그녀는 멀리서 로니안을 발견하고 크게 외쳤다.

"로니안!"

매릭의 표정이 일그러졌다.

'빌어먹을! 하필이면 이때!'

우려하던 일이 벌어지고 말았다. 조금만 서둘렀어도 로니안과 라우벤은 도시 바깥으로 나갔을 텐데 매릭으로서는 안타까워 미칠 지경이었다.

"뭣들 해? 빨리 나와. 로드께서 기다리고 있다니까."

"잠깐! 루델이 저기 있지 않느냐?"

라우벤이 매릭을 노려보며 물었다. 그는 조금 전 매릭으로부터 샤크가 다른 일행들과 먼저 나갔다는 말을 들은 터였다.

그런데 루델이 도시 안에서 로니안을 부르니 뭔가 이상했던 것이다. 저주가 풀린다는 말에 고무되어 별 의심 없이 매릭의 뒤를 따라왔는데, 아무리 생각해 봐도 매릭에게 뭔가 꿍꿍이가 있는 듯했다. 특히나 매릭의 초조해하는 표정을 보자 라우벤은 뭔가 꺼림칙한 기분이 들지 않을 수 없었다.

"너 이놈! 우릴 밖으로 데리고 나가서 무슨 짓을 하려던 것이었느냐?"

로니안 역시 매릭에게 수상한 점이 있음을 눈치챘다. 때마침 루델이 그들의 앞에 도착해 고개를 갸웃하며 물었다.

"여기서 뭐 해?"

"루델 언니, 혹시 로드께서 떠나신다는 말을 했나요?"

"아니, 그런 말 아직 못 들었는데?"

루델은 무슨 소리냐는 듯 두 눈을 휘둥그레 떴다. 그러자 라우벤과 로니안의 안색이 확 굳어졌다. 역시나 그런 것이었나? 라우벤이 매릭을 잡아먹을 듯 노려보며 다그쳤다.

"너 이놈! 왜 거짓말을 했느냐?"

그러자 매릭은 흠칫하며 낭패한 표정을 지었다.

'제길, 이렇게 된 이상 어쩔 수 없군.'

그는 일이 잘되어가던 순간에 나타나 훼방을 놓은 루델을 못마땅한 듯 노려보고는 라우벤과 로니안을 향해 음침한 웃음을 지었다.

"킥! 그냥 조용히 데려가려고 했는데 피곤하게 하는구나. 하찮은 것들 주제에."

"무엇이!"

"뭐라고?"

라우벤과 로니안이 발끈하며 매릭을 노려봤다. 그들은 당장이라도 샤크가 준 채찍을 휘둘러 매릭을 후려칠 기세였다. 그러나 이곳에서 그런 일을 벌여서는 안 된다는 것을 잘 알고 있었기에 애써 참았다.

루델 역시 매릭이 갑자기 미쳤나 싶었다. 그러다 매릭이 돌연 섬뜩한 눈빛으로 그녀를 쏘아보자 움찔하여 뒷걸음질쳤다.

루델이 비록 샤크와 로니안 등을 믿고 매릭에게 막대하고는 있지만, 매릭은 그녀에게 공포의 대상이었다. 만일 샤크가 없었다면 벌써 매릭에게 상상도 못 할 참혹한 꼴을 당했을 것이다.

"큭! 큭큭큭큭! 어리석은 것들! 이렇게 되었으니 솔직히 말해 주마. 너희들이 그토록 믿고 있는 마왕 샤크는 더 이상 너희들을 지켜 줄 수 없다."

"그게 무슨 소리냐?"

라우벤이 묻자 매릭은 수도로 목을 베는 시늉을 하며 음산한 미소를 지었다.

"그가 죽었다는 말이지."

"닥쳐라! 어디서 망발이냐?"

"믿기지 않나 보군. 그러나 너희들이 믿건 믿지 않건 사실은 변하지 않는다."

매릭은 마왕 특유의 섬뜩한 눈빛을 번뜩이며 말을 이었다.

"그리고 더욱 중요한 걸 알려 줄까? 라우벤과 로니안, 너희들은 나가기 싫어도 나와 함께 나가야 한다. 왜냐면 이 도시로 들어올 때 너희들을 보증한 것이 바로 나였거든."

라우벤과 로니안의 안색이 딱딱하게 굳어졌다. 매릭이 키득거렸다.

"이제 알았느냐? 보증을 선 내가 그것을 철회하면 너희들은 쫓겨날 수밖에 없다는 것을."

매릭은 그 즉시 오르덴 안내인들에게 가서 그러한 의사를 전달했다. 그러자 라우벤과 로니안을 향해 오드렌 병사들이 몰려들었다.

"라우벤! 로니안! 당신들에 대한 보증이 철회되었으니 지금 즉시 트라구다를 떠나주십시오."

"이런 법이 어디 있소?"

"말도 안 돼요!"

라우벤과 로니안이 항의했지만 소용없었다. 오르덴 병사들은 험악한 눈빛으로 말했다.

"서둘러 주시오. 당장 떠나지 않으면 강제로 추방할 것이오."

"루델 언니!"

로니안이 루델을 불렀지만, 그녀 역시 안색이 새파랗게 질린 채로 어쩔 줄 몰라 했다. 매릭이 키득거리며 웃었다.

"루델! 기다려라. 오늘은 저 버러지 같은 인간 놈들부터 손을 보겠지만 다음은 네 차례야. 언제고 나와 마주칠 날이 있을 테니 그땐 각오 단단히 하는 게 좋을 것이다."

"으으!"

루델은 비로소 뭔가 심각하게 잘못되었다는 생각에 몸을

떨었다.

'이럴 수가! 정말 로드가 죽은 거야?'

그토록 강한 로드가 죽었다니! 정말 믿을 수 없는 일이었다. 그러나 마왕 매릭이 저리 날뛰는 것을 보면 틀림없었다. 그녀는 매릭이 샤크를 얼마나 두려워하는지 알고 있었으니 말이다.

만일 피의 맹약을 통해 권속이 된 것이라면, 로드가 죽는 즉시 권속은 그 사실을 알게 된다. 맹약의 구속에서 풀려나기 때문이다.

루델은 비록 샤크의 권속이 되었지만, 그가 피의 맹약과 같은 것을 통해 그녀를 강제 귀속시킨 것이 아닌 터라 샤크가 죽었어도 그것을 감지할 수 없었다.

'로드가 정녕 죽었다면 저들은 끝장이고, 나 또한 위험해. 매릭이 날 가만 놔두지 않을 거야.'

루델이 매릭의 마수에서 라우벤과 로니안을 구해내기란 불가능했다. 구해내기는커녕 그녀 역시 매릭의 마수 아래 처절한 고통을 면할 수 없을 것이다.

"제발 우릴 이곳에 머물게 해 주시오. 무슨 일이라도 하겠소."

라우벤은 이대로 자신과 로니안이 트라구다 밖으로 쫓겨

나면 무슨 꼴을 당할지 알고 있었다. 샤크가 곁에 없는 이상 매릭이 준 채찍으로 그를 상대하기란 쉬운 일이 아니었다.

"오르덴의 규정에 예외는 없다. 당장 쫓아내!"

오르덴 장교가 외치자 오르덴 병사들이 라우벤과 로니안의 양팔을 붙잡고 출입문 쪽으로 끌고 갔다. 루델은 그 모습을 안타까운 표정으로 쳐다볼 뿐이었다.

"멈춰라!"

그때 누군가 오르덴 병사들을 막아섰다. 붉은 머리를 가진 매력적인 여성. 그녀는 다름 아닌 카렌이었다. 그 옆으로 금발의 눈부신 외모를 지닌 사내 르티아가 서 있었다.

"당신들은?"

오르덴 병사들은 르티아와 카렌을 잘 알고 있는지 공손한 태도로 말했다.

"무슨 일로 우리의 앞을 막았습니까? 이들은 추방 대상이니 부디 비켜 주십시오."

그러자 르티아가 기이한 미소를 흘리며 말했다.

"나는 그대들의 일을 방해하려는 것이 아니다. 다만 그 추방자들에게 한 가지 제의할 것이 있을 뿐이야. 그것도 힘들겠나?"

오르덴 장교가 와서 대답했다.

"그렇다면 최대한 빨리 끝내주십시오. 추방자는 잠시라도 트라구다에 머물면 안 되지만, 특별히 르티아 님의 얼굴을 봐서 시간을 드리겠습니다."

"흠."

르티아가 슬쩍 고개를 끄덕이자 앞에 있던 가디언 카렌이 오르덴 장교에게 다가가 20베카를 건넸다. 돈을 받은 오르덴 장교는 흐뭇한 미소를 지으며 외쳤다.

"헤헷! 시간은 충분히 드릴 테니 천천히 말씀 나누십시오."

"배려 고맙군."

돈을 주자 순한 양처럼 변한 오르덴이다. 돈 없는 자들에게는 철저히 규정을 적용하지만, 돈만 조금 주면 웬만한 규정쯤은 느슨하게 풀어 주는 이들이 바로 그들인 것이다. 르티아는 오르덴들의 그런 점을 누구보다 잘 알고 또한 그것을 잘 이용할 줄 알았다.

'후후후, 돈독에 오른 놈들처럼 다루기 쉬운 놈들은 없지.'

곧바로 르티아의 시선은 라우벤과 로니안을 향했다. 둘 다 칙칙한 후드로 전신을 두르고 있었지만, 자세히 살펴보면 후드의 벌어진 사이로 흉측한 몬스터의 털이 보였다.

그러나 르티아는 한눈에 이들이 인간이며 마왕의 끔찍한 저주로 인해 몬스터의 모습으로 변했음을 알아봤다.

"저런! 그대들은 이모털 무타티오의 저주를 받은 것인가?"

"당신은 뉘시오?"

라우벤이 르티아를 경계하듯 쳐다보며 물었다. 그러자 르티아는 온화한 미소를 지으며 대답했다.

"나는 이데스 대륙의 용자 르티아라고 하네. 지나가다 왠지 상황이 딱해 보여서 말이야. 그대들에게 한 가지 제의를 하고자 하는데, 어떤가?"

"어떤 제의를 말하는 것이오?"

르티아가 용자라고 자신을 소개하자 라우벤과 로니안의 표정이 환해졌다. 지금 상황에 용자라면 자신들을 능히 구해 줄 수 있을 것이란 기대 때문이었다.

"나를 따라가면 이데스 대륙의 성녀 헬레나에게 부탁해 그대들의 저주를 풀어 주도록 하겠네."

저주를 풀어 준다니! 그게 정말일까? 라우벤과 로니안의 가슴이 세차게 뛰었다. 그러나 라우벤은 조심스레 물었다. 르티아가 이토록 큰 호의를 베푸는 이유를 알 수 없어서였다.

마왕의 본색 89

"처음 보는 우리에게 왜 그런 놀라운 호의를 베풀려 하는지 여쭤도 되겠소?"

그러자 르티아가 입을 벌리고 호탕하게 웃었다.

"하하하! 그대들은 조금 전 내가 누군지 말했는데 벌써 잊었나?"

"당신은 용자라 했소."

"물론이네. 용자인 내가 어려움에 처한 인간들을 못 본 척한다는 것은 있을 수 없는 일이지."

"오오!"

"아!"

라우벤과 로니안은 감동의 표정을 지었다. 그러나 라우벤은 섣불리 르티아를 따라가겠다고 말을 할 수가 없었다. 르티아가 비록 선량한 용자의 형상을 하고 있지만, 그가 정말로 선한 의도를 가지고 있는지 확신할 수 없기 때문이었다.

"걱정 마시오, 라우벤. 르티아 님은 내가 가장 존경하는 용자이시오. 그리고 이데스 대륙의 성녀 헬레나 님이라면 내가 아는 한 환야에서 가장 뛰어난 신성력을 지닌 분이니, 웬만한 마왕의 저주쯤은 충분히 풀어 주실 것이 분명하오."

낯익은 음성이 들려와 고개를 돌려보니 다름 아닌 용자 아르메스였다.

"오! 아르메스 님, 당신은 어디에 계셨소?"

라우벤은 그렇지 않아도 아르메스를 애타게 찾았다. 샤크가 없는 지금 마왕 매릭의 마수로부터 자신들을 구해 줄 자는 아르메스 뿐이었으니까.

그런데 때마침 아르메스도 나타났고, 그는 르티아야말로 자신이 존경하는 최고의 용자라 말하니 라우벤으로서는 한시름 놓이는 기분이었다.

"하하, 아르메스! 이게 얼마 만인가?"

그때 르티아가 아르메스를 보고 반가운 표정을 지었다. 아르메스가 허리를 정중히 숙이며 예를 표했다.

"파트리아 대륙의 용자 아르메스! 환야의 위대한 절대용자이신 르티아 님을 다시 뵙게 되어 지대한 영광입니다."

"이런! 절대용자라니. 당치도 않네. 내가 어찌 절대용자가 될 수 있단 말인가?"

르티아가 무슨 소리냐는 듯 말했지만 아르메스는 진지했다.

"환야의 용자 중에서 르티아 님처럼 강한 분이 어디 있겠습니까? 르티아 님이야말로 절대용자에 가장 어울리는 분이십니다."

그 순간 르티아의 입가에 흐뭇한 미소가 떠올랐다.

절대용자라!

환야의 세계에 존재하는 용자들 중 가장 강력하다 여겨지는 용자를 일컬어 절대용자라 부른다는 전설이 있었다. 그것은 마왕 중에서 가장 강력한 마왕을 대마왕이라 부르는 것과 흡사했다.

'후후후, 하긴 절대용자에 나만큼 어울리는 용자는 없지.'

르티아는 자신을 향해 한없는 존경심을 내보이는 아르메스가 무척 기특했다. 그러나 짐짓 그는 곤혹스럽다는 듯한 표정을 지으며 말했다.

"쯧, 오랜만에 만나서 나를 곤란하게 만들 건가? 더 이상 내 얼굴에 금칠을 하지 말게. 나는 그저 평범한 용자에 불과하니 말이야."

"정말 겸손하시군요. 그래서 제가 당신을 더욱 존경합니다."

아르메스는 르티아를 향한 경외감이 가득했다. 그것은 그의 진심이었다. 그만큼 수많은 마왕들을 두려워 떨게 만드는 용자 르티아는 아르메스에게 동경의 대상이었던 것이다.

그때 라우벤이 아르메스를 향해 말했다.

"아르메스 님, 혹시 로드의 행방을 알 수 있겠소? 저 사악한 마왕 매릭 놈은 로드가 죽었다 말하지만, 나는 그 말을 믿을 수 없소. 용자인 당신이라면 로드가 생존해 있는지 알아봐 줄 수 있을 것이오."

그러자 아르메스는 깜짝 놀라는 표정을 지었다.

"그가 죽었다니, 그게 무슨 말이오?"

라우벤은 매릭에게 들은 말을 그에게 전해 주었다. 아르메스의 표정이 굳어졌다.

"그럴 리가! 그는 그리 쉽게 죽을 자가 아니오."

아르메스는 샤크가 비록 마왕이지만, 그가 다른 마왕과는 다른 특별한 존재임을 알고 있었다. 그것은 용자인 그로서는 인정하고 싶지 않은 부분이었지만, 과거, 샤크로 인해 위기에서 벗어난 적이 있었기에 부인하고 싶어도 부인할 수 없는 사실이었던 것이다.

그런데 그때, 옆에서 듣고 있던 르티아가 기이한 미소를 흘리며 말했다.

"누구의 행방을 찾는지 모르지만, 적어도 이곳 오르덴의 도시 내부라면 그가 어디 있는지 즉각 알 수 있다네."

그 말과 함께 르티아는 옆의 카렌을 향해 고개를 슬쩍 끄덕였다. 카렌은 즉시 오르덴 장교에게 걸어가 다시 20베카를 건넸다.

"이봐, 저자들의 로드가 이 도시에 있는지 알아봐 줄 수

마왕의 본색 93

있겠지?"

그러자 오르덴 장교가 만면 가득 미소를 지은 채 끄덕였다.

"하하하! 물론입니다. 잠깐만 기다려 주십시오."

그는 즉각 부하 병사에게 그것을 지시했다. 그 병사는 어딘가로 빠르게 달려갔다가 다시 돌아왔다. 병사에게 보고를 받은 오르덴 장교의 안색이 살짝 굳어지더니 라우벤에게 다가와 말했다.

"라우벤! 로니안! 그대들의 로드인 샤크는 현재 트라구다에 없는 것으로 판명되었다."

"그럴 리가! 그렇다면 그분이 어디로 갔단 말이오?"

"그것을 우리가 어찌 알겠나? 그대들의 로드이니 그대들이 찾아보아라."

그 말을 들은 라우벤과 로니안의 안색이 어두워졌다. 설마 했지만 정말 샤크가 트라구다를 떠났을 줄은 몰랐던 것이다.

'그분께 뭔가 사정이 생겼을 것이다.'

라우벤은 물론 샤크가 죽었다는 말은 믿지 않았다. 그것은 샤크에 대한 그의 믿음이었다. 로니안 역시 마찬가지였다. 샤크가 무엇 때문에 떠났는지 모르지만, 머지않아 돌아올 것이라는 믿음!

 따라서 그들은 이곳 도시를 떠나지 않고 샤크를 기다리고 싶었지만, 당장 도시 밖으로 쫓겨날 지경이니 문제였다.

 이대로 쫓겨나면 분명 매릭에게 죽임을 당하고 말 것이니, 지금 상황에서는 르티아를 따라 이데스 대륙으로 가는 것이 가장 현명한 처사였다. 아르메스 역시 그와 같은 생각을 했는지 라우벤과 로니안에게 부드러운 미소를 지으며 말했다.

 "그는 아마도 뭔가 사정이 생겨서 잠시 떠났을 것이오. 당분간 내가 이곳 트라구다에 머물고 있다가 그가 돌아오면 그대들이 이데스 대륙으로 떠났다고 전해 줄 테니, 안심하고 르티아 님을 따라가 저주를 풀도록 하시오."

 라우벤은 아르메스가 트라구다에 남아 샤크에게 소식을 전해 주겠다고 하자 안심할 수 있었다. 그는 즉시 르티아를 향해 말했다.

 "르티아 님, 당신을 따라가겠습니다."

 "잘 생각했네."

 르티아는 부드럽게 웃으며 말을 이었다.

 "카렌, 이데스 대륙에 가는 동안 이들이 불편하지 않도록 신경 써 주도록 해."

 "예, 로드."

카렌은 고개를 끄덕이면서도 내심 짙은 의문에 휩싸여 있었다. 그녀는 설마 라우벤과 로니안의 로드가 샤크였을 줄은 몰랐던 것이다. 그러나 르티아는 분명 알고 있었을 것이다. 그녀는 르티아가 얼마나 치밀한 성격의 소유자인지 잘 알고 있기 때문이었다.

'로드가 왜 이들을 돕는 것일까? 정말로 이들을 저주에서 풀어 주려는 순수한 목적인 것일까?'

그녀는 사실 르티아가 샤크를 죽였을 것이라 추정하고 있었다. 다만 르티아가 그에 대해 그 어떤 의문도 갖지 말라고 명령을 내린 터라 그 말에 따르고 있을 뿐.

'어쩌면 로드는 이들의 로드인 샤크를 죽인 것에 대해 조금은 가책을 가지고 있는 게 분명해. 그래서 이들의 저주를 풀어 주려는 것이겠지.'

그렇다 해도 미심쩍은 부분은 많았다. 용자인 르티아가 마왕을 죽인 것에 무슨 가책을 느끼겠는가. 또한 설령 가책을 느꼈다 해도 이들은 마왕의 권속들이 아닌가. 이들이 비록 인간이라 한들 마왕의 권속이었다면 그 어떤 자비심을 베풀 여지도 없는 것이다.

여기까지 생각하지 머리가 복잡해진 카렌은 한숨을 내쉬었다.

'모르겠구나. 하긴 내가 신경 쓸 일이 아니지. 난 그저 로드의 명령을 따르는 가디언일 뿐이잖아.'

그것이 용자에게 가디언으로서의 충성을 서약한 로아탄의 운명이 아니겠는가. 다만 예전에는 그것이 너무도 자랑스러웠고 뿌듯했지만, 최근 들어서는 계속 회의감이 느껴지고 있으니 문제였다.

"하하하! 그럼 좋은 여행 되십시오."

"호호! 트라구다에 또 방문해 주세요."

잠시 후 오르덴 안내원들의 친절한 마중을 받으며 르티아 일행은 트라구다를 떠났다. 떠나기 전 로니안은 마족 루델을 향해 아쉬운 작별 인사를 남겼다.

"루델 언니, 로드께서 돌아오시면 우리 소식을 꼭 전해 주세요."

"걱정 마. 로드가 돌아오기 전까지 난 이곳을 떠나지 않을 거야."

"호호! 그럼 언니를 믿고 난 가 볼게요."

루델은 로니안이 미소를 지으며 손을 흔드는 모습을 조금은 어색하게 쳐다봤다. 로니안은 루델을 친근하게 느끼는지 모르지만, 루델은 그저 형식적으로 로니안을 대했을 뿐이었으니까. 샤크가 아니었다면 한낱 먹잇감에 불과한 인간에게 무슨 진실한 친근감을 느끼겠는가.

그러다 그녀는 힐끗 고개를 돌려 매릭과 눈이 마주쳤다. 매릭은 지금 상황이 무척 못마땅한지 인상을 확 찌푸리고 있었는데, 루델을 보자 섬뜩한 눈빛을 보냈다.

"어떠냐? 지금이라도 사죄하고 나의 권속이 되겠다면 용서해 줄 수도 있다, 루델."

루델은 몸을 떨었다. 그러나 그녀는 이내 표독스러운 눈빛으로 매릭을 노려봤다.

"결단코 그럴 일은 없어요."

매릭이 키득거렸다.

"크큭! 좋아. 네가 그렇게 나와야 흥미롭지. 그런데 네가 과연 언제까지 이 답답한 도시에 처박혀 있을지 궁금하구나."

"당신이 죽기 전에는 나갈 생각이 없어요."

"내가 죽을 리는 없으니 너는 영원히 이곳에서 썩어야 할 것이다."

"후훗, 그럼 썩어야죠."

루델은 진심이었다. 샤크가 혹시 돌아오지 않는다면 트라구다에서 영원히 지낼 생각이었던 것이다. 오직 그것만이 매릭의 마수로부터 벗어날 수 있는 유일한 길이기 때문이다.

"크으으! 빌어먹을! 어차피 언제고 넌 내게 죽는다. 버텨 봤자 소용없으니 일찌감치 포기하는 것이 어떠냐?"

"오호홋! 글쎄요. 그 전에 매릭 당신이 강한 용자를 만나 죽기라도 할지 어찌 알아요? 그런 날이 오면 난 트라구다를 떠나 자유롭게 여행을 다닐 수 있겠죠."

"닥쳐라! 정녕 후환이 두렵지 않으냐?"

"흥! 하나도 안 두렵거든요."

루델은 두려워 떨면서도 할 말은 다했다. 매릭은 그런 루델이 못마땅해 죽겠다는 듯 발을 동동 굴렸다. 아르메스가 그들을 보고는 혀를 찼다.

'쯧! 한심한 꼴들 하고는.'

아르메스는 매릭과 루델을 냉기서린 눈빛으로 한 번 쏘아 보고는 사라졌다. 잠시 루델과 실랑이를 벌이던 매릭도 화를 삭이기 힘든지 어디론가 사라져 버렸다.

혼자 남은 루델은 문득 생각했다.

지금은 모두가 원수처럼 변했지만, 한때는 모두가 친구나 가족처럼 지낼 때가 있었다. 인간과 마왕, 마족, 용자가 한데 어우러져 요리를 해먹고 즐거운 대화를 나누던 때가 있었던 것이다.

그것은 환야에 사는 그 누구라도 쉽게 믿기 힘든 기묘한 일이었고, 결단코 우연히 된 것이 아니었다. 모두가 샤크가 있어서 가능한 일이었다.

샤크가 있을 때는 루델도 로니안을 귀여운 동생처럼 대했고, 라우벤에게 할아버지를 대하듯 애교를 부리기도 했다. 심지어 저 사악한 마왕 매릭이 간혹 귀엽게 느껴질 때도 있었고, 용자 아르메스가 멋진 남자로 보이기도 했다.

그것은 아무리 생각해 봐도 정상적인 일이 아니었다. 역시나 샤크가 사라지자 모든 것이 정상으로 돌아왔다. 그것이 당연하다 느껴지면서도 왠지 아쉬운 이유는 무엇일까?

'로드! 정말 죽은 건가요······?'

지금껏 그녀가 로드로 섬겼던 마왕은 많았지만, 그들이 죽었을 때 그녀는 그 어떤 미련이나 아쉬움도 남지 않았다. 그런데 왠지 샤크에게만은 미련이 남았다. 그가 부디 살아 있었으면 좋겠다는 생각이 들 정도로 말이다.

Chapter 5

불멸자

콰아아아—

파멸의 입이 형성한 수많은 혀들은 샤크가 아무리 그것들을 잘라내도 계속 재생되었다.

'이건 끝이 없군……'

샤크는 파멸의 입과 사투 중이었다. 그러나 샤크의 무극지기는 점차 소진되고 있는 반면, 파멸의 입이 가진 기세는 조금도 수그러들지 않았다.

이러다 무극지기가 모두 고갈되면 샤크는 처참한 죽음을 면할 수 없으리라. 그 사실을 잘 알고 있는 샤크였지만 달리 뾰족한 방법이 떠오르지 않았다.

마치 광대한 바다 위에서 작은 뗏목 하나를 타고 폭풍과 맞서는 기분이랄까? 뗏목을 통해 바다 위에 떠 있듯, 샤크 역시 무극지기를 통해 파멸의 입이 형성한 파괴력 앞에서 간신히 버티고 있을 뿐이다.

그러나 가공할 폭풍의 바다에서 한낱 나무로 만들어진 뗏목이 얼마나 버틸 수 있을까?

샤크 역시 그와 같았다. 그가 가진 무극지기는 차원력의 파괴력을 막아낼 만큼 신비한 힘을 가지고 있었지만, 그것이 모두 고갈되면 결국 샤크는 파멸의 입안에 빨려 들어가 무참한 죽음을 면치 못할 것이다.

'으윽! 이것이 일루전 트레저가 가진 힘! 과연 가공하구나.'

사실 이같이 버티는 것도 기적과 같았다. 샤크가 환야에 나와 차원력과 맞서는 수련을 하지 않았다면 지금처럼 버티는 것도 불가능했을 것이다.

'무작정 이 혀들을 부술 것이 아니다. 차원력과 맞서지 말고 그것과 조화를 이룰 방법을 찾아본다면?'

그렇게 할 수 있다면 파멸의 입을 소멸시킬 수 있을지도 모른다. 아니, 그것이 불가능하다 해도 파멸의 입이 형성한

이 가공할 결계에서는 벗어날 수 있을 것이다.

쿠우우우우!

다시 수를 헤아릴 수 없이 많은 파멸의 혀들이 샤크를 휘감았다. 샤크는 저항하지 않고 놔두었다. 그 순간 그의 전신에 가공할 고통이 엄습했다.

'크윽! 이건!'

샤크의 두 눈이 충혈되었고, 그의 몸에 균열이 일기 시작했다. 이대로라면 그의 몸은 금세 터져버리고 말 것이다. 샤크는 다급히 무극지기를 끌어올려 파멸의 혀들에 맞섰다.

화륵! 화르르!

파스스스—

무극지기의 강기들이 화염처럼 불타오르며 샤크의 전신을 휘감았던 파멸의 혀들을 가루로 만들어 버렸다.

'하마터면 죽을 뻔했군.'

샤크는 한숨을 돌렸지만 상황은 전혀 달라지지 않았다. 그 사이 또 생성된 파멸의 혀들이 샤크를 휘감기 시작했던 것이다.

'또냐? 어디 한번 해 보자.'

샤크는 이를 악물었다.

촤아아아—!

쿠우우우우우—

 가공할 압력이 샤크의 몸을 강타하는 순간 샤크의 두 눈이 다시 충혈되었다. 그의 피부가 쩍쩍 갈라지기 시작했다. 더 이상 버티지 못하고 그의 몸이 터져버릴 찰나, 샤크는 다시 무극지기의 강기를 일으켜 파멸의 혀들을 잘라 버렸다.

촤아아아아!

 그러자 마치 기다렸다는 듯 또다시 파멸의 혀들이 형성되었다. 샤크의 두 눈이 이글이글 타올랐다.

 '반드시 알아내고 말리라.'

 몸이 부서지고 다시 회복되고, 부서지고 회복되는 끔찍스러운 과정의 반복!

 그것은 극히 위험한 모험이었다. 단 한 순간이라도 실수를 하는 찰나 샤크는 환야의 세계의 저편으로 사라져 버릴 것이다.

 그러나 지금은 이 같은 모험이 불가피했다. 어차피 무극지기로 무작정 버텨내는 것은 한계가 있고, 그런 식으로 시간만 끌다가는 결국 비참한 최후를 맞이할 수밖에 없기 때문이다.

콰콰콰콰—

쿠우우우—

그렇게 얼마의 시간이 흘렀을까? 그 사이 샤크는 파멸의 혀들이 가진 차원력과 조화되기 위한 시도를 수천 번 이상 한 것 같았다.

'제길, 무극지기가 조금 더 남아 있었더라면…….'

샤크는 탄식했다. 그는 이제야 차원력과 조화되는 방법의 실마리를 찾아냈지만, 이미 무극지기가 고갈되기 직전이었던 것이다.

'아쉽구나. 조금만 더 기회가 주어졌다면 또 하나의 한계를 초월했을지도 모르는데 말이야. 으윽! 이제는 정말 끝인지도 모르겠군.'

샤크는 죽음을 직감했다. 어차피 마왕으로 영원히 살겠다는 생각을 해 본 적은 없는 터였다. 또한 마왕으로서의 삶에 별다른 아쉬움은 없었다. 마왕으로 태어난 것부터 그리 유쾌하지 않았는데, 이렇게 간다 한들 뭐가 아쉽겠는가.

그래도 전생에서처럼 요란하게 살다가 배신을 당해 죽지는 않았으니 다행이리라.

그러던 샤크의 인상이 문득 일그러졌다. 그러고 보니 부하에게 배신을 당해 죽은 것은 아니지만, 협의의 상징이라

할 수 있는 용자로부터 뒤통수를 맞았다. 이는 샤크가 전생과 크게 다를 바 없는 최후를 맞게 된 것이라 할 수 있었다.

'그놈을 죽였어야 했는데 분하군.'

샤크는 르티아를 충분히 죽일 수 있었지만 참았었다. 그것은 르티아가 비록 샤크를 죽이려 했지만, 그것은 그가 용자이기에 당연하다 여겼기 때문이다.

오히려 모처럼 용자다운 용자를 보아서 기분도 좋았다. 샤크가 만일 르티아의 숨겨진 추악한 면을 발견하지 않았다면, 설령 그에게 직접 죽임을 당했다 해도 웃으면서 받아들였을지도 모른다.

그러나 르티아는 그 어떤 마왕보다 사악한 면모를 가지고 있었다. 무려 십만이나 되는 인간의 영혼을 희생해 샤크를 죽이는 것에 아무런 가책을 가지지 않았으니 말이다.

쿠쿠쿠쿠—

그때 다시 파멸의 혀들이 성난 파도처럼 밀려들어 왔다.

'큭! 이제 와서 후회해 봤자 무슨 소용인가?'

샤크는 앞으로 기껏해야 두세 번 정도 버틸 수 있는 무극지기가 남았을 뿐이다. 그는 눈앞에 직면한 자신의 최후를 담담히 맞이하기로 했다.

'……!'

그런데 바로 그 순간 기이한 일이 벌어졌으니! 샤크를 향해 사납게 밀려들던 파멸의 혀들이 마치 시간이 정지라도 한 듯 그대로 멈춰 버렸다.

사방은 고요한 정적뿐.

그러다 정적을 깨고 나타난 것은 환상적이면서도 육감적인 몸매를 가진 한 여인이었다. 초점 없는 눈빛을 가진 그녀는 마치 꿈을 꾸는 듯 몽롱해 보였다. 그러나 그녀로부터 뿜어져 나오는 기세는 단연코 샤크가 처음 본 것이었다.

'이럴 수가! 저 여인은 대체 누구기에 마치 차원력을 방불케 하는 가공할 기세를 뿜는 건가?'

샤크가 쳐다보자 여인은 싸늘한 조소를 흘렸다.

―환야의 선택받은 존재인 마왕 샤크! 그대는 어찌하여 나의 힘을 거부하는 거지?

여인은 입을 열지 않았지만, 그녀의 음성이 샤크의 뇌리에 생생히 전해져 왔다. 샤크는 물었다.

"그보다 당신은 누군가?"

―나는 그대가 가진 미증유의 힘 중의 하나야.

"미증유의 힘?"

―바보 같구나. 날 알아보지 못하다니. 몽환의 우물. 그게 바로 나야.

샤크의 두 눈이 커졌다. 몽환의 우물이라면 샤크가 소유한 일루전 트레저 중의 하나가 아닌가? 그런데 그 몽환의 우물이 실상 눈앞의 여인이었다는 말인가?

―아니. 난 그냥 그대가 좋아할 법한 모습으로 나타났을 뿐 나의 실체는 고정되어 있지 않아. 그냥 몽환의 힘을 가진 초월적 존재라 생각하면 될 거야. 네가 원하면 난 널 파멸의 입으로부터 벗어나게 해 줄 수 있어.

놀랍게도 여인은 샤크의 생각을 읽기라도 한 듯 샤크가 마음속으로 떠올린 의문에 대한 답을 말했다.

그때 샤크의 앞에 또 다른 존재들이 나타났다. 그는 마치 거인과 같은 모습으로 나타났는데 머리카락이 붉게 타오르는 듯 이글거리고 있었다.

―마왕 샤크! 나는 그대가 소유한 또 다른 힘인 광전사의 불꽃이다. 그대가 원하면 파멸의 입으로부터 벗어나게 해 주겠다.

―나는 부활의 무덤이다. 크흐! 내가 있는 한 그대는 절대 죽지 않는다. 적당한 대가만 바치면 그대는 몇 번을 죽어도 다시 살아날 수 있지.

광전사의 불꽃과 부활의 무덤까지 인간의 모습으로 형상화되어 나타났다. 그들은 모두 샤크에게 힘을 빌려 주길 원하고 있었다. 그러나 샤크는 인상을 찌푸리며 고개를 흔들었다.

"당신들의 도움 따윈 필요 없으니 꺼져라."

샤크가 그들의 정체를 알고도 못마땅한 표정을 짓자 그들은 어이가 없다는 듯 샤크를 쏘아봤다.

―그대는 무엇 때문에 우리를 못마땅하게 여기는 것이지?

"힘을 빌려주는 대가로 인간의 영혼을 요구하는 사악한 존재들이여! 나는 당신들에게 그 어떤 도움도 받지 않을 것이다."

―사악한 존재라? 지금 우리를 그리 부른 건가?

그들의 표정이 차갑게 변했다. 샤크는 서슴지 않고 고개를 끄덕였다.

"물론이다."

―어리석구나, 마왕 샤크. 그대가 우리의 힘을 원하지 않는다면 우리 역시 강요하진 않을 것이다. 이 환야에는 우리의 힘을 필요로 하는 이들이 수두룩할 테니까 말이야.

샤크는 그들을 잡아먹을 듯 노려봤다.

"궁금한 것이 있다. 일루전 트레저라 불리는 당신들은 어째서 인간의 영혼을 제물로 요구하는 건가?"

―마왕인 그대가 그와 같은 질문을 하다니 우습구나. 우리 일루전 족이 인간의 영혼을 제물로 요구하는 건 사자가 양을 잡아먹는 것처럼, 양이 풀을 뜯어 먹는 것처럼 자연스러운 일일 뿐이다.

"지금 일루전 족이라 했나?"

―이를테면 그렇다는 뜻이지. 나는 그대가 이해하기 쉽게 풀어 말하는 것이다. 우리의 방식으로 말하면 그대와 같은 하등한 존재는 그 뜻을 이해할 수 없기 때문이다.

용자와 더불어 환야의 가장 강력한 존재들이라 할 수 있는 마왕을 하등한 존재로 취급할 줄이야. 그러나 그들이 가진 미증유의 능력을 볼 때 그것은 그리 큰 무리가 아니었다.

"하등한 존재라서 유감이군. 어쨌든 인간의 영혼이 당신들의 먹잇감인 것은 맞는 것 아닌가?"

―그야 별미라 할 수 있지. 하지만 우린 적어도 너희 마왕들처럼 무차별적으로 인간을 학살하진 않는다. 우리의 힘을 사용한 정당한 대가를 받을 뿐.

"……."

샤크는 그동안 막연히 신비롭게 여겨지던 일루전 트레저가 실상은 특별한 형태로 존재하는 기이한 종족이라는 것을 알고 놀랐다.

그런데 그때 더욱 놀라운 일이 벌어졌으니.

이유강의 전방에 또 한 명의 여인이 나타났다.

그녀 역시 몽환의 우물 못지않은 뇌쇄적인 미모를 가지고 있었는데, 머리카락들이 모두 살아서 움직이고 있었다.

스스스.

마치 실뱀들이 꿈틀거리듯 머리카락이 흔들리고 있었는데, 그것이 전혀 징그럽거나 끔찍하지 않고 무척 아름답게 느껴진다는 것이 특이했다. 그녀는 샤크를 향해 알 수 없는 기이한 미소를 보냈다.

―마왕 샤크! 너는 진정 나를 놀라게 했구나. 여태껏 나의 공격을 이토록 오랫동안 버틴 이는 없었다.

그녀의 음성을 들으며 샤크는 그녀가 바로 일루전 트레저의 하나인 파멸의 입이라는 것을 깨달았다. 샤크를 죽음 직전까지 몰아넣은 그것이 이토록 아름다운 여인의 형태로 나타나다니 뜻밖이었다.

―그런데 왜 넌 살 수 있는 길을 스스로 포기하는 것인가?

"마땅히 죽어야 할 상황이라면 죽는 것이 순리 아니겠나?"

―호호호! 마왕이 순리를 따르겠다니 우습구나. 그렇다면 넌 죽음을 피할 수 없을 것이다.

"죽음은 이미 각오하고 있으니 염려마라."

샤크는 씁쓸히 입가를 비틀며 웃었다. 그는 자신이 이 앞에 나타난 이들 중 어느 하나도 대적할 수 없음을 느꼈기 때문이다.

차원력이 만들어 낸 우연의 산물인 것일까?

환야에서 가장 강력한 종족인 일루전!

샤크가 어항 속의 물고기라면 그들은 어항 바깥에서 물을 쏟아 부으며 샤크를 관찰하는 인간과 같다고 할 수 있었다. 어항 속의 물고기가 아무리 발악을 한다 한들 어항 밖의 인간을 어찌할 수 있겠는가.

그러나 사실 샤크는 보통 물고기가 아니었다. 어항 밖의 인간을 죽이지는 못해도, 은밀히 어항을 탈출할 방법은 찾았으니까. 안타깝게도 무극지기가 거의 소진되어 그것이 불가능해졌을 뿐.

이대로라면 그는 무조건 죽게 되리라. 그에게 남은 미량의 무극지기로는 파멸의 입이 가한 공격을 두 번 이상 막아낼 수 없으니 말이다.

그런데 때마침 등장한 일루전 트레저들로 인해 그에게

잠시 숨 돌릴 시간이 생겼으니, 그야말로 공교로운 일이 아닐 수 없었다. 이 천재일우의 기막힌 기회는 샤크가 미처 의식하기도 전에 그의 신체가 먼저 포착했다.

츠으으으!

만상무극심법이 무의식적으로 펼쳐지며 인근의 무극지기를 빠른 속도로 흡수하기 시작했다.

이곳 결계는 일종의 폐쇄된 방과 같은 공간!

그러다 보니 샤크의 체외로 배출되었던 무극지기들이 흩어져 사라지지 않고 인근에서 차원지기와 어우러져 있었던 것이다.

'……!'

샤크의 의식이 그것을 알아차리고 반응했을 때는 이미 본신 무극지기의 절반 이상을 회복한 상태였다. 굳어졌던 그의 안색이 급격히 밝아졌다.

'이건!'

문제는 그의 단전으로 흡수된 기운 속에 무극지기만이 아니라 그것과 어우러진 차원지기도 일부 포함되었다는 것!

환야를 이루는 차원력의 근원이 되는 차원지기인 만큼 무극지기에 비할 수 없이 강력하다. 따라서 본래라면 샤크는 체내로 차원지기가 침투한 즉시 혈맥이 터져 즉사하고 말았으리라.

그러나 거칠기 짝이 없던 차원지기가 마치 순한 양처럼 기혈을 따라 이동하기 시작했으니, 이는 샤크의 무극지기가 내부의 혈맥을 차원지기가 흐를 수 있는 특별한 상태로 변환시키면서 벌어진 일이었다.

샤크가 파멸의 입과 사투를 벌이다 그의 무극지기가 거의 고갈되고 나서야 간신히 얻은 깨달음! 그것이 기적적으로 이루어졌던 것이다.

'천우신조로구나!'

다른 이도 아닌 마왕이 이런 생각을 한다는 것이 왠지 우스웠지만, 샤크는 그렇게밖에 생각할 수 없었다. 그것이 아니고서는 지금의 기적을 어찌 이해할 수 있겠는가.

샤크는 지금껏 세상에 존재하는 가장 근원적인 힘이 무극지기라 여겼다. 실제로 그것을 통해 마왕인 그가 가진 힘의 근원인 선천마기조차 융합했으니까.

그런데 천외천(天外天)이라고 해야 할까? 놀랍게도 무극지기와 비할 수 없는 강력한 차원지기가 존재했으니!

만상무극심법의 한계!

결국 샤크가 보유한 무극지기는 그가 이룬 경지 내에서

만 가장 근원적인 기운이라 불릴 수 있었을 뿐, 환야라는 세상에서 그보다 강력한 기운이 존재하니 더 이상 무극지기는 무극지기가 아니었다.

그것이 진정 무극지기라 불리려면 차원지기까지 융합할 수 있어야 정상일 터.

그 즉시 샤크는 무극지기 대신 차원지기를 흡수하여 활용하는 방법을 찾았다. 단, 그것을 위해서는 무극지기를 희생해야 했다.

무극지기가 사라지고 차원지기가 근원적인 힘이 된다. 그로써 샤크의 만상무극심법은 만상차원심법(萬狀次元心法)으로 발전했다.

그 과정에서 마왕인 그의 신체에 일종의 환골탈태가 이루어졌음은 당연했다. 샤크는 환야에서 가장 강력한 힘인 차원지기를 흡수하여 그것을 다룰 수 있는 특별한 신체를 가지게 된 것이다.

콰아아아앙!

곧바로 샤크의 내부에서 거대한 굉음과 같은 소리가 들렸고, 그의 몸에서 찬란한 휘광이 뿜어져 나왔다.

이 모든 것이 한순간에 벌어진 일!

몽환의 우물을 비롯한 일루전 족들의 얼굴이 굳어졌다.

그들은 죽기 직전이던 샤크가 기사회생했을 뿐만 아니라, 자신들과 같은 초월적 존재가 되었다는 것에 경악하고 말았다.

―맙소사! 도저히 믿을 수 없는 일이군.

―절대 있어서는 안 되는 일이 벌어졌구나.

―용납할 수 없어. 어찌 미개한 존재가 감히!

―놈은 우리 일족의 존재를 위협할 수 있는 위험한 존재다. 더 큰 힘을 얻기 전에 제거해야 해.

파멸의 입뿐만 아니라, 그전까지는 샤크에게 그나마 우호적이었던 몽환의 우물, 광전사의 불꽃, 부활의 무덤 등도 강력한 적개심을 드러냈다.

그 순간 샤크가 두 눈을 번쩍 뜨고 자신을 포위한 그들을 쳐다봤다. 조금 전까지만 해도 밤하늘에 떠 있는 별들처럼 요원해 보였던 그들의 존재가, 이젠 자신과 별반 다를 바 없게 느껴져 기분이 묘했다.

그러나 지금은 그런 뿌듯함을 느끼고 있을 만한 여유가 없었다. 샤크는 자신을 향해 밀려드는 강대한 차원력의 흐름을 느끼며 인상을 굳혔다.

"마왕을 한낱 미개한 존재라 일컬을 만큼 스스로 지고하다 자부하는 이들이, 어찌 하는 짓은 마족이나 마물과 다를 바 없는 것인가?"

샤크의 비아냥거리는 소리에 일루전 족들의 눈빛이 살짝 흔들렸지만, 그들은 자신들의 동작을 멈추지 않았다.

―필멸자(必滅者)가 불멸자(不滅者)의 자리에 오르는 건 온당치 않도다.

―멸망의 가증한 것이 어찌 지고한 영역에 이르고자 하느냐?

샤크를 향한 차원력의 공세! 그것은 조금 전 파멸의 입이 형성한 것과는 비할 수 없이 강력했다. 세 일루전 족이 가세한 까닭일 것이다.

콰콰콰콰콰―

그러나 샤크는 담담히 웃으며 말했다.

"너희가 나를 죽이려면 진작 손을 썼어야 했다."

그 말과 함께 그의 몸이 투명하게 변했다.

"경고하건대, 이후로 환야에서 나와 두 번 다시 마주치지 않는 것이 좋을 것이다. 불멸자로 계속 살아남고 싶다면 말이야."

샤크의 말을 들은 일루전 족들은 분노했다.

―무모하구나, 어리석은 자여!

―너의 존재를 흔적조차 지워 버리겠다.

그들은 샤크를 소멸시키기 위해 자신이 쓸 수 있는 모든 차원력을 한 번에 쏟아 내려 했다. 그러나 그들은 이내 황급히 자신들의 차원력을 거둬들여야 했다. 샤크가 어디론가 사라져 버렸던 것이다.

―그 사이 결계에 틈을 만들어 달아나다니 믿기 힘들군.

―죽여야 해. 그는 정상적인 범주를 벗어난 존재! 이대로 두었다간 머지않아 틀림없이 우리에게 위협을 가할 거야.

―훗, 걱정 마. 지금 쫓아가면 사자가 토끼를 사냥하듯 쉽게 그를 죽일 수 있어.

그들이 샤크가 사라진 방향으로 이동하려 할 찰나였다. 갑자기 그들을 향해 찬란한 은빛으로 이루어진 검이 돌풍처럼 날아들었다.

파파팟!

뜻하지 않은 기습! 그들은 설마 샤크가 다시 돌아와 기습을 가할 것이라고는 상상도 못 했던 터라 깜짝 놀랐다.

번쩍―!

은빛의 검! 그것은 샤크의 윙 블레이드가 형상화된 것으로 검신에는 차원력의 오러가 생성되어 있었다. 그 검에 적중당하면 아무리 일루전 족이라 해도 심각한 충격을 받게 될 것이다.

─쓸데없는 짓을 하는구나, 어리석은 자여!

이미 피하기란 늦은 터, 그들은 전력으로 차원력을 끌어올려 방어했다. 그러나 애초부터 샤크의 목표는 그들이 아니나 이곳 결계의 균형을 이루는 중심부였으니!

파악!

샤크가 번개처럼 검을 내리꽂았다. 순간 결계가 세차게 흔들렸고, 이내 유리창이 산산이 조각나듯 결계가 흩어지기 시작했다.

콰아아! 콰아아아앙!

결계의 균형이 깨져 버렸다. 질서가 파괴되면 혼돈이 그곳을 지배하게 된다. 마치 배의 밑창에 구멍이 뚫려 바닷물이 밀려들 듯 결계를 향해 혼돈의 차원력이 쏟아져 들어왔다.

─이런!

─위험하다!

샤크가 설마 결계를 노리고 있을 줄을 예측 못 했던 일루전 족들은 당황했다. 지금이라도 그들이 샤크를 공격하면 그를 죽일 수야 있지만, 그 사이 이곳 결계가 소멸되기라도 하면 아무리 불멸자라 불리는 그들이라 해도 그 여파에 무사하기 힘들 것이다.

―일단 피해라.

―영악한 놈 같으니!

기겁한 몽환의 우물, 광전사의 불꽃, 부활의 무덤이 그 즉시 각자의 결계가 있는 곳으로 달아나버렸다.

―아아, 어찌 이런 일이!

이 상황에서 가장 놀란 이는 파멸의 입이었다. 이 결계는 그녀의 세계이며 거처다. 이것을 만드느라 그녀가 들인 시간이 얼마였던가? 유한한 존재로서는 감히 상상도 못 할 만큼 장구한 세월.

―이건 말도 안 되는 일이야.

다른 일루전 족들은 각자의 결계로 돌아갔지만, 그녀는 이제 돌아갈 곳이 없다. 이대로 결계가 소멸되면 그녀는 아주 긴 세월을 정처 없이 방랑해야 할 것이다.

―한낱 하찮은 존재에 불과한 마왕 따위가 감히! 죽여 버리겠어.

분노한 그녀의 손에 흑색의 채찍이 생성되었다. 그 채찍은 샤크의 윙 블레이드처럼 그녀의 차원력이 형상화된 무기였다.

흩어지는 결계 속에서 날아든 차원력의 채찍!

샤크는 조금 전 그가 가진 대부분의 힘을 소모했다. 게다가 그의 윙 블레이드는 여전히 결계의 중심부에 꽂혀 있는 상태라 그로서는 파멸의 입이 날린 채찍을 피할 수가 없었다.

촤아아악!

채찍이 몸을 후려치자 전신에 엄청난 충격이 엄습했다.

"크으으윽!"

샤크의 몸이 부르르 떨리더니 그의 피부가 용암처럼 끓어올랐다. 곧이어 그의 몸이 이내 연기처럼 흐릿하게 변해 흩어지기 시작했다. 그러나 그렇게 흩어지던 그의 몸체가 금세 다시 뭉치며 본연의 모습을 회복했다.

—흥! 한 번을 버티다니 제법이로구나.

파멸의 입은 샤크의 몸을 휘감은 채찍을 풀어 다시 그를 후려쳤다. 그 순간 샤크의 왼손이 채찍을 콱 붙잡았다. 파멸의 입이 가소롭다는 듯 웃으며 채찍에 차원력을 불어넣었다.

—오호호호! 무모한 놈 같으니!

파지지지직—

채찍을 잡고 있던 샤크의 왼손이 그대로 부서져 버렸다. 이어서 그의 손목과 팔뚝, 어깨까지 차례로 연기가 되어 흩어졌다.

거기서 끝이 아니었으니! 파멸의 팔찌에 깃든 차원력은 샤크의 몸체 왼쪽을 완전히 날려 버렸다.

파스스스—

샤크의 몸의 반이 완전히 사라지고 한쪽만 남았다. 그런데도 샤크는 죽지 않았다.

"큭!"

그는 반쪽의 입으로 기괴한 웃음을 흘리며 오른손으로 결계의 중심부에 꽂혀 있던 윙 블레이드를 뽑았다. 그리고 그대로 파멸의 입을 향해 날아갔다.

더욱 기이한 일은 완전히 날아가 사라져버린 그의 왼쪽 팔이 투명한 상태로 존재하는 듯 파멸의 채찍을 붙들고 있었다. 그로 인해 파멸의 입은 채찍을 타고 들어오는 샤크를 피할 수가 없었다.

"너희는 나를 잘못 건드렸다."

섬뜩한 음성과 함께 전방에서 이글거리고 있는 한쪽 눈! 그 눈을 마주 본 파멸의 입은 공포에 정신이 나가 버렸다. 이 순간 그녀는 불멸자라 불리는 일루전 족이 아니라 천적인 뱀 앞에 마주 선 개구리와 다를 바 없었다.

—아…… 안 돼……!

파멸의 입이 채찍을 놓고 달아나려 했지만 그것은 그녀의 생각이었을 뿐, 그보다 빨리 은빛의 검이 그녀의 몸을 수직으로 갈랐다.

푸확!

두 쪽이 난 그녀의 몸체들이 연기처럼 흐릿해졌다가 다시 짙어졌다. 동시에 분리된 몸체가 자석처럼 다시 붙었고 본래의 모습으로 돌아왔다.

'과연 일루전 족인가? 한 번의 공격으로 죽지 않는군.'

샤크 또한 예상한 바라 그녀가 숨 돌릴 시간도 주지 않고 다시 검을 내리그었다. 아니, 내리그을 찰나였다.

콰아아아! 콰아아아앙!

그 순간 엄청난 굉음과 함께 결계가 산산조각이 나버렸다. 그것은 이미 샤크가 결계의 균형을 깨뜨렸을 때 예정된 일이었다.

쾅! 콰아아아아!

파괴의 여파로 일어난 혼돈의 차원 폭풍은 파멸의 입과 샤크를 각각 반대 방향으로 날려 버렸다. 샤크는 까마득한 환야의 저편으로 사라졌다.

Chapter 6

루트 오브 다크니스

일루전 트레저의 결계가 파괴되며 일어난 혼돈의 차원 폭풍! 그것은 샤크를 낯선 장소로 이동시켰다. 샤크는 이곳이 어디인지 알 수 없었다. 그저 방대한 환야의 어떤 장소라는 것만 짐작할 뿐.

 '으음!'

 불멸자라 자칭하는 일루전 족들도 무사하기 힘든 가공할 만한 혼돈의 차원 폭풍에서 샤크는 살아났다. 물론 그는 현재 살아도 산 것이 아니라 할 만큼 온전치 못한 몸이었다.

 '이런 상태로도 살아 있다는 게 기적이로군.'

샤크는 대부분의 육체가 사라지고 은빛의 투명한 날개만 남아 있었다. 따라서 지금 그가 뭔가를 보거나 생각하는 것은 육체의 눈이나 뇌를 통해서가 아니라, 영체로서의 자각 능력을 통한 것이었다.

그런데 그가 아무리 마왕이라지만 어찌 날개만 남아 살아 있을 수 있다는 말인가?

그것은 그가 차원지기를 흡수할 수 있게 되면서 그의 육체가 바뀌었기 때문이다. 그로써 차원지기의 근원이 사라지지 않는 한 그는 신체의 단 한 조각만 남아 있어도 죽지 않게 되었다.

즉, 샤크는 날개를 제외한 전신이 부서져 나가면서도 다행히 차원지기의 근원은 사라지지 않았던 것이다.

무극지기가 그가 가진 힘의 근원일 때만 해도 그것의 위치를 변경하는 건 불가능했지만, 만상차원심법을 깨달은 순간 그는 신체의 어느 곳으로든 힘의 근원을 이동할 수 있었다.

따라서 차원력의 폭풍에 의해 전신이 부서지게 되자, 그는 마왕의 육신 중 가장 강력한 곳인 날개로 힘의 근원을 이동시켰다. 그렇지 않았으면 그는 진작 소멸되고 말았으리라.

하지만 그렇다고 안심할 것은 아니었다. 샤크는 현재 힘의 근원만 남아 있을 뿐, 그가 육체를 복원하지 않으면 차원지기를 흡수하지 못하니 문제였다.

더욱이 그의 날개가 아무리 단단하다 하지만 혼돈의 차원 폭풍 속에서 무사하기란 힘들었다. 그로 인해 날개에 거미줄과 같이 금이 가 있는 상황이고, 이대로라면 머지않아 부서져 환야의 먼지로 화하고 말 것이다.

'육체를 복원해야 다시 차원지기를 흡수할 수 있는데, 정작 차원지기가 없으면 육체를 복원할 수도 없으니 이를 어쩐다?'

말 그대로 살아는 있지만, 실상은 죽은 것과 다름없는 상태. 아니 죽어 가고 있는 상태인 것이다.

물론 샤크는 이대로 순순히 환야의 먼지로 사라질 생각은 없었다. 파멸의 입을 비롯한 불멸자들과 조우했을 때만 해도 삶에 그리 큰 미련이 없었지만, 지금은 달랐다. 확실한 목표가 생겼으니까.

샤크는 예전에 막연히 대마왕 플런더를 쓰러뜨리겠다는 목표를 잡은 적 있었는데, 실상 그것에 대해서는 그리 집착해 본 적 없었다. 소문은 무성하지만 실상 플런더가 그리 대단하다 생각해 본 적이 없었기 때문이다.

그러나 불멸자라 자칭하는 일루전 족과의 조우는 샤크의 잠자고 있던 투지와 분노를 일깨웠다.

'무슨 수를 써서라도 힘을 되찾을 것이다.'

마왕과 용자들을 미개하다 취급할 정도로 지고한 영역에 존재한다는 그들 일루전 족들이, 실상 마왕과 그리 다를 바 없는 사악한 생각을 가지고 있다는 것!

그런 그들이 도대체 어떻게 생겨난 것인지 샤크는 알 수 없었다. 아마도 그것은 마왕인 샤크가 이곳 환야라는 세계에 태어난 것처럼 예측할 수 없는 일일 것이다. 다만 그들이 매우 기괴하면서도 특별한 존재라는 것은 틀림없었다.

'그들 또한 혼돈의 차원 폭풍 앞에서 아무것도 아니었다. 그런데 무슨 불멸을 말한다 말인가?'

일루전 족들이 차원력을 활용해 조금 더 강할 뿐이지, 불멸은 아님을 샤크는 직접 확인했다. 그들 역시 인간들처럼 죽음을 두려워했고, 혼돈의 차원 폭풍이 발하는 파괴적인 힘 앞에서는 무력할 존재일 뿐이었다.

'내가 힘을 되찾는 날! 이후로 너희 족속들의 입에서 불멸자란 말은 절대 나오지 못할 것이다.'

물론 그것은 샤크가 이전의 힘을 되찾는 정도가 아니라 그보다 몇 배 강해져야 가능한 일일 것이다.

그리고 또 하나 샤크가 목표한 것이 있다면, 가증스러운 위선자인 용자 르티아를 처치하는 것이었다. 일루전 족의 사악한 꼬임에 넘어가 마치 악마에게 영혼을 파는 것과 같은 파렴치한 짓을 서슴지 않는 그는 용자의 자격이 없었다.

'그런 놈이 용자라고 설치고 다니게 둘 수 없지.'

애초부터 나쁜 놈보다, 겉으로는 선량한 척하면서 뒤에서 나쁜 짓을 일삼는 녀석을 샤크는 더욱 싫어한다.

물론 일루전 족들을 해치우는 것에 비해 르티아 정도는 아무것도 아니니, 그를 목표로 둔다는 것이 왠지 우습긴 했다.

그러나 막상 생각해 보니 그 또한 쉬운 일은 결코 아니었다. 이 무한대로 펼쳐진 환야에서 르티아를 다시 만난다는 보장이 어디 있다는 말인가?

그뿐만 아니라 파멸의 입이나 몽환의 우물 같은 일루전 족들을 다시 만나는 건 더더욱 어려운 일.

샤크가 일루전 족과 비등한 경지에 이르는 순간 그에게 귀속되었던 일루전 트레저들은 모조리 그를 떠나버렸기에 클라우드 대륙으로 돌아갈 길도 막막해졌다.

그러나 샤크는 그것들이 하나도 아쉽지 않았다. 애초부터 일루전 족들은 그에게 귀속된 것이 아니라, 그를 유희의 대상으로 삼고 사악한 짓을 즐기려던 것이었음을 비로소 알았으니까.

그러던 샤크에게 문득 떠오르는 이들이 있었다.

'라우벤! 로니안! 너희들의 운명도 참 기구하구나. 내가 힘을 회복한다면 이제 그따위 저주 정도는 쉽게 풀어줄 수 있겠지만, 과연 나와 너희들이 다시 만날 수 있을지 모르겠구나.'

샤크가 무극지기와 비할 수 없이 강력한 힘인 차원지기를 다룰 수 있게 된 이상, 이모탈 무타티오의 저주를 없애주는 것은 어려운 일이 아니었다.

그러나 아주 특별한 인연이 닿는다면 모를까, 지금으로써는 그가 힘을 회복한다 해도 라우벤 등이 있는 도시 트라구다를 찾을 수 있을지 의문이었다. 오르덴들에게 물어본다면 혹시 알지도 모르겠지만 말이다.

'내가 죽었다 생각하면 매릭 녀석은 분명 라우벤과 로니안을 죽이려 할 것이다. 부디 그런 일이 벌어지지 않으면 좋으련만.'

그러나 샤크는 지금 그들을 걱정할 때가 아니었다. 날개만 남은 기형적인 상태로 생존해 있는 그야말로 살아날 궁리를 해야 했다. 이대로라면 날개조차 부서져 그의 존재 자체가 사라져버릴 수 있으니 말이다.

루트 오브 다크니스!

샤크가 고심 끝에 떠올린 것은 루트 오브 다크니스. 즉, 마력의 원천을 만드는 것이었다. 이는 그가 마왕이기에 가능한 것으로, 루트 오브 다크니스가 형성되면 인근의 마기를 흡수해 그것을 마궁의 형태로 만들 수 있다.

마궁이 만들어진 후 계속 마기가 쌓이면 샤크는 본신이 아닌 분신을 만들어 움직일 수 있게 된다. 본신은 루트 오브 다크니스 내부에 존재하지만, 분신은 자유롭게 다른 곳으로 이동할 수 있다.

게다가 강적을 만난 분신이 파괴되더라도 본신이 있는 곳에서 다시 부활할 수 있다. 물론 분신이 파괴되는 순간 본신 역시 다소 타격을 입긴 하지만, 루트 오브 다크니스가 건재한 이상 본신은 파괴되지 않는다.

마치 여벌의 옷처럼 생명을 또 하나 가지고 있는 것이니 이 얼마나 놀라운 일인가.

그러나 여기엔 아주 치명적인 문제가 존재하니, 누군가 마궁에 침입해 루트 오브 다크니스에 있는 본신을 공격하는 경우였다. 물론 본신의 능력이 분신보다 훨씬 뛰어나기에 맞서 싸울 수 있지만, 보통 이렇게 루트 오브 다크니스의 위치가 노출되면 그곳에 마왕이 있다는 사실이 알려지며 끝없이 적들이 공격해오니 문제였다.

그러다 보니 루트 오브 다크니스를 생성시켜 마궁을 세우는 것은 오히려 용자나 환야의 약탈자들인 라트로들의 표적이 되어 마왕의 생존을 위협하는 행동이나 마찬가지였다.

즉, 고대에는 마궁을 세우는 것이 일종의 유행이었지만, 그것이 생존에 오히려 장애 요인이 되는 것임을 알게 된 마왕들은 본신 그대로 환야를 방랑하는 경우가 대부분이었다.

그러나 어디나 예외적인 존재는 있다. 대마왕 플런더가 바로 그런 경우로, 그는 이른바 대마왕성이라 불리는 거대한 마궁을 만들어 놓았다. 하지만 그곳은 수많은 마왕들이 득실거리고 있는 난공불락의 절대 요새가 되어 버린 터라, 용자나 라트로들이 얼씬도 하지 못했다.

즉, 그 같은 경우가 아니라면 보통은 루트 오브 다크니스를 만들어 스스로의 위치를 노출시키는 어리석은 짓은 하지 않는다. 그것이 환야를 살아가는 마왕의 생존 방식이라 할 수 있는 것이다.

그러나 샤크로서는 선택의 여지가 없었다. 그것 말고는

그가 부서진 육체를 복원할 방법이 없기 때문이었다.

 루트 오브 다크니스에서 흡수한 마기를 통하면 처음 소마왕으로 태어났을 때의 마왕체를 회복할 수 있다. 거기서 마기를 무극지기로 변환해 무극지체를 이룬 후, 다시 차원지기로 그것을 변환할 수 있을 만큼의 경지에 올라서야 했다.

 비로소 그때가 되면 샤크는 만상차원심법을 본래로 펼칠 수 있게 되며, 그로써 사실상 소멸된 것이나 마찬가지인 그의 모든 육체를 본래로 복원할 수 있게 되는 것이다.

 그 과정이 얼마나 걸릴지는 현재로서는 알 수 없다. 그러나 이미 가본 길이며, 모든 과정을 생생히 알고 있는 샤크였기에 그리 오랜 시간이 걸리지는 않을 것은 확신했다.

 그 사이 다른 마왕들이나 용자, 혹은 라트로들이 이곳을 발견해 공격해 올 수 있는 우려도 있지만, 이대로 있다가 소멸되는 것보다는 루트 오브 다크니스를 만들어 모험을 하는 것이 현명하리라.

 '그 사이 나의 분신이 어찌할 수 없는 적을 만나 죽게 된다면 그 또한 나의 운명이겠지.'

 샤크는 이미 몇 번의 죽음과 같은 상황을 경험했기에, 언제고 자신이 죽을 수 있다는 사실을 인지하고 있었다. 그러나 죽지 않겠다고 발악을 하기보다, 언제고 죽을 수 있는 존재임을 담담히 받아들일 수 있게 되면, 오히려 죽음조차 두려워하지 않게 된다.

이와 같은 마음은 그가 본래의 모든 힘을 되찾아 일루전족을 능가하는 불멸지체를 이룬다 해도 변함없을 것이다.

세상에 영원한 것이 어디 있겠는가.

그토록 가공할 만한 위력을 지닌 혼돈의 차원 폭풍도 결국은 끝을 드러내듯이, 환야에서 아무리 강대한 힘을 가진 존재라도 언제고 그 힘의 한계를 다할 때가 올 것이다.

따라서 샤크는 환야의 다른 마왕들이 그토록 꺼려하는 루트 오브 다크니스를 만드는 것을 주저하지 않았다.

'다행히 멀지 않은 곳에 마물 숲이 있군.'

루트 오브 다크니스를 만들기 위한 장소로는 자연적으로 마기가 생성되는 마물 숲과 같은 곳이 가장 이상적이었다.

샤크는 자신을 중심으로 일정 반경 안에 존재하는 마물 숲의 존재를 감지했다. 34개! 이는 그가 차원지기를 다룰 수 있는 초월자적 경지에 이른 이후에 생겨난 능력이었다.

'그중 현재 내가 무리 없이 장악할 수 있는 마물 숲은 고작 셋뿐이로군. 마기가 미약한 작은 규모의 숲이 아니면 지금의 나로서는 감당하기 힘들다.'

이는 안타까운 일이었다. 루트 오브 다크니스는 한 번 생성하면 그 위치를 바꿀 수 없으니 기왕이면 마기가 강력한 마물 숲이 좋을 것이다.

그러나 마기가 강력한 곳에는 강력한 마물들이 존재한다. 그들은 결코 폐물과 같은 마왕의 권속이 되려 하지 않을 것이다. 자칫 샤크가 당할 수도 있었다.

잠시 후 샤크가 도착한 마물 숲의 규모는 예전 몽환의 우물이 존재하던 마물 숲에 비하면 백 분의 일 크기도 되지 않은 작은 숲 정도에 불과했다.

그렇다 해도 마기는 분명 생성되고 있기에 루트 오브 다크니스를 만드는 데는 지장이 없었다. 샤크는 즉시 그 일에 착수했다.

휘이이이—

고요하던 마물 숲에 돌연 흑색의 폭풍이 일었다.

드드드드드!

마치 지진이라도 일어난 듯 마물 숲 전체가 흔들렸다. 이에 놀란 마물들이 후다닥 자신들의 거처로 달아나 숨을 죽였다.

마물들은 두려워 떨었다. 그들은 본능적으로 느낀 것이

다. 그들이 도저히 어찌할 수 없는 포식자적인 존재가 이 마물 숲에 들어왔음을. 그리고 그가 자신의 존재를 드러내고 있음을.

쿠우우우우—

곧바로 마물 숲의 상공에 흑색의 구름들이 모여들더니 거대한 소용돌이를 이루었다. 동시에 마물 숲의 주위가 한 치 앞도 내다보기 힘든 짙은 안개로 둘러싸여 버렸다.

"쿠어어어!"

"크으으!"

마물들이 일제히 바닥에 엎드려졌다. 비로소 그들은 확연히 느꼈다. 이 숲의 포식자가 다름 아닌 마왕이란 사실을. 그가 바로 이 숲의 주인이며 자신들은 그의 권속이 되어야 한다는 사실을.

그 순간 상공에 형성되었던 어둠의 소용돌이는 마물 숲의 지하에 생겨난 거대한 결계 공간으로 이동했다. 샤크의 은빛 날개는 바로 그 소용돌이 속에 위치했는데, 이곳이 바로 루트 오브 다크니스였다.

스슥 스스스스—

그 사이 마물 숲의 지형이 뒤바뀌기 시작했다. 작은 숲의 형태였던 마물 숲이 온데 간데 사라지고 작은 초옥과 널따란 마당이 나타났다. 외곽은 대나무들이 빙 둘러 자라나 자연스레 울타리를 형성했다.

 이는 샤크가 의도한 바였다. 본래라면 마궁답게 거대한 성의 형태가 되어야 정상이겠지만, 현재로써는 이 정도가 최선이었다.

 '이 숲의 마기가 미약하니 이것도 간신히 만들었다. 그래도 오랜만에 전생의 내 집과 비슷한 곳을 보니 기분이 새롭군.'

 이 집은 전생의 광협 백룡이 거하던 집과 같은 형태였다. 당시 그는 가히 고금제일인이라 불릴 만큼 강했지만 재물과 권력에 욕심이 없었고, 그저 산수가 우거진 맑은 자연 속에서 작은 초옥을 하나 짓고 살았다.

 작은 초옥을 둘러싼 앞마당과 뒷마당.

 앞마당은 넓은 공터였고, 뒷마당은 작은 숲을 이루고 있었는데, 그 숲 안에는 여전히 불안에 휩싸여 있는 마물들이 오들오들 떨고 있었다. 사실상 아까의 마물 숲이 축소되어 초옥의 뒤뜰로 옮겨진 것이었다.

 '쯧! 마물이라고 해봤자 수백여 마리도 되지 않는군. 대부분 최하급 마물이고, 하급 마물인 다크 슬라임이 고작 다섯! 중급 마물은 아예 하나도 없구나.'

이들은 이 집을 지키는 데 사실상 아무런 도움이 되기 힘들 것이다. 그래도 지금 샤크의 처지에는 그것들이라도 아쉬웠다. 그리고 저렇게 약한 마물들이 아니었으면 순순히 샤크의 권속이 되겠다며 굴복하지도 않았을 것이다.

'나의 분신이 만들어질 때까지 저들이 이곳을 지켜 줘야 한다.'

루트 오브 다크니스에서 샤크의 분신이 만들어지기까지 적어도 10디에스 즉, 클라우드 대륙의 시간으로 대략 1백 일 정도의 시간이 필요하다.

현재 본신이 만신창이 상태인 까닭에 분신이 만들어진다 해도 샤크가 본래 가졌던 힘의 극히 일부 밖에 발휘하기 힘들 것이다.

그러나 그 정도만 해도 웬만한 마왕 따위는 어렵지 않게 상대할 수 있다. 그 정도면 본신이 회복될 시간을 충분히 벌 수 있으리라.

예상컨대 본신이 이전의 경지를 완벽히 회복하는 데는 최소 1백 디에스 이상의 시간이 필요했다. 그래도 일단 분신만 만들어지면 어떻게든 생존할 자신이 있지만, 분신이 만들어지기까지의 10디에스라는 긴 시간이 문제였다.

만일 그때 마왕이나 용자들이 나타난다면 대책이 없을

것이다. 그러나, 마족이라면 모를까 마왕이나 용자가 그리 흔한 존재는 아니었다. 사실 마족이 나타날 확률도 드물었다.

그러나 마물들은 다르다. 인근의 다른 마물 숲에 살고 있는 마물부터 시작해서 황야를 떠도는 마물들! 그것들의 숫자는 마족에 비할 수 없이 많은 터라 분명 이곳 집도 몇 번의 공격을 받을 가능성이 높았다.

샤크가 비록 루트 오브 다크니스를 만들었지만, 워낙 마기가 미약한 터라 외부에서는 이곳을 마궁이라기보다 그저 중하급 마물 정도가 둥지를 트고 있는 것처럼 느껴질 테니 말이다.

어쨌든 관건은 분신이 만들어지기까지의 기간을 버티는 것! 그 사이 샤크가 할 수 있는 건 권속 마물들에게 명령을 내리는 것 외에는 없었다.

최하급 마물들이야 어차피 간식거리에 불과할 뿐 사실상 전투력은 없다고 봐야 한다. 그렇다면 고작 다섯 마리뿐인 하급 마족들이 1백 일 동안 이 집을 지켜야 한다는 말인데.

과연 그들만으로 이 집을 무사히 지킬 수 있을까?

이 상태로는 중급 마물 하나만 나타나도 만만치 않을 것이다. 그러나 중급 마물들은 보통 몰려다니는 편이라 절대한 마리만 오지 않는다. 적어도 대여섯 마리. 그것들만 나타나도 샤크는 큰 낭패를 당할 터였다.

하물며 상급 마물은 오죽하겠는가. 그것들은 대부분 혼자 움직이긴 하지만 상급 마물 하나의 전투력은 웬만한 중급 마물 수십 마리에 육박할 정도다.

샤크는 자신의 분신이 만들어지는 기간 동안 가급적 이곳에 그 어떤 침입자도 없었으면 하는 바람이었지만, 그렇다고 무턱대고 그런 기대만 하고 있을 수는 없었다. 어떤 식으로든 대비를 해야 할 것이다.

—나는 너희들의 로드인 마왕 샤크 테사우루스다.

샤크는 즉시 마물들에게 뜻을 전했다. 그러자 마물들이 일제히 부르르 떨며 머리를 땅에 박았다. 절대복종의 표현이었다.

다크 슬라임들은 지능이 떨어지는 만큼, 샤크가 현재 힘을 거의 상실한 상태로 간신히 버티고 있다는 사실을 전혀 눈치채지 못했다. 그저 그가 마왕이라는 사실 하나만으로 두려워할 뿐이었다. 하물며 최하급 마물들은 오죽하겠는가.

—너희들은 이제부터 이 집을 지켜야 한다. 나의 허락 없이는 그 누구도 울타리 안으로 들어오지 못하게 막아라.

샤크의 명령이 떨어지자 마물들이 다시 머리를 바닥에 꽝 박으며 충성을 표현을 하고는 잽싸게 숲을 뛰어 나와 대나무 울타리 곳곳에 포진했다. 샤크는 그중 하급 마물들인 다크 슬라임들을 앞마당 쪽으로 나오게 했다.

―이제부터 내가 시키는 대로 움직이는 훈련을 해라.

끄덕. 끄덕.

로드의 명령에 어찌 불복종하겠는가. 진흙 인형과 같은 모습의 다크 슬라임들은 허리와 머리를 동시에 숙이며 복종의 표시를 했다. 그리고 그들은 샤크가 지시하는 대로 움직이기 시작했다.

스으윽! 스으윽!

다크 슬라임들은 마기가 깃든 진흙으로 이루어진 마물로 자신들의 신체를 마음대로 변형이 가능했다. 또한 제법 힘도 강해서 그들이 팔의 일부를 뾰족한 검이나 창 같은 무기의 형태로 변형시켜 공격을 가하면 웬만한 중급 마물들에게도 충격을 줄 수 있었다.

그러나 그러한 강력한 공격력을 가진 대신 아주 치명적인 약점이 존재했으니! 그들은 작은 충격에도 전신이 부서져 버릴 만큼 약한 방어력을 가지고 있었던 것이다.

게다가 그들의 동작은 굼벵이처럼 굼떴다. 방어력이 약

하면 움직임이라도 빨라 적의 공격을 회피할 수 있어야 하는데, 동작이 느리니 문제였다.

그것은 그들의 태생적인 약점이며 한계로, 그렇지 않았다면 그들은 하급이 아닌 중급 마물이 되고도 남았을 것이다.

'으음.'

그 사이에도 다크 슬라임들은 샤크가 지시하는 대로 기를 쓰고 움직였다. 그 어떤 잔머리도 굴리지 않고 열심히 하려는 충직함도 보였지만.

'동작이 너무 느려! 저 녀석들에게 이런 식의 수련은 의미가 없다.'

사실 샤크는 예전에 카치카들에게 마공을 수련시키고, 칠마진(七魔陣)이라는 합격진(合擊陣)도 수련시켜 상급 마물을 상대하게 했던 것처럼 다크 슬라임도 그런 식으로 활용해 볼 작정이었다.

그러나 카치카들과 달리 다크 슬라임은 움직임이 둔해 합격기를 수련한다 한들 적에게 그 어떤 위력도 발휘하지 못할 듯했다.

'그렇다면 차라리.'

샤크는 한동안 고심하다가 좋은 생각을 떠올렸다.

'강점을 강화시키고, 약점은 다른 것으로 보완한다!'

동작이 굼뜬 다크 슬라임들을 아무리 훈련시켜봤자 그들의 움직임이 빨라지지 않는다. 따라서 샤크는 다크 슬라임들이 가진 공격력을 더 강화시키기로 했다.

'흑수마공이 적당하겠군.'

이는 마교십대마공은 아니지만 그래도 제법 쓸 만했던 흑수마공(黑手魔功)! 손에 마기를 주입해 쇠처럼 단단하게 만든 후 상대를 가격하는 것이었다. 다크 슬라임들은 그들의 손을 무기의 형태로 변형시켜 공격하는 터라 흑수마공을 익히게 되면 몇 배 이상의 파괴력을 낼 수 있으리라.

'비록 하급 마물이지만 저들도 마물이니 마기를 자연적으로 다룰 수 있을 터, 마공도 충분히 펼칠 수 있을 것이다.'

마물들이 마공을 펼칠 수 있는 것은 이미 카치카들을 통해 증명이 되었다. 다만 다크 슬라임들은 마기도 상대적으로 미약하지만 지능도 현저히 뒤떨어지는 편이라 단순한 초식 하나라도 제대로 구사할지 의문이었다.

그러나 그들이 그것을 할 수 있을지 없을지는 고민할 문제가 아니었다. 현재 샤크의 처지로서는 선택의 여지가 없으니 말이다. 샤크는 무식할 정도로 반복 수련을 시켰다.

그러자 과연 성과는 있었다. 다크 슬라임들은 샤크의 닦달에 의해 몸이 부서질 정도로 반복 수련을 거듭했고, 그로 인해 그들이 손을 휘두를 때마다 흑수마공 특유의 짙은 흑색 기운이 피어나기 시작했다.

'후후, 저 녀석들이 동시에 덤비면 상급 마물이라도 무시하기 힘들겠군.'

샤크는 회심의 미소를 지었다. 다크 슬라임들의 강점을 강화시켰으니, 이제는 약점을 보완할 차례였다.

'흠.'

샤크는 대나무 울타리 곳곳에 포진한 채 숨죽이고 있는 최하급 마물들을 하나씩 살펴봤다. 최하급 마물 십여 마리가 달려들어도 하급 마물 하나를 당해내기 힘들 정도로, 그것들의 전투력은 거의 쓸모없다 할 수 있었다.

그러나 직접적인 전투가 아닌 보조를 한다면 얘기가 달라진다. 그중에는 적어도 움직임에 있어서는 다크 슬라임보다 몇 배 이상 빠른 속도를 가진 마물도 있었고, 웬만한 상급마물을 방불케 할 정도의 딱딱한 등껍질을 가진 곤충 마물도 있었으니까.

샤크는 즉시 곤충 마물들을 다크 슬라임들의 몸에 붙어 있게 했다. 모습은 다소 우스꽝스러웠지만 웬만한 타격에는 꿈쩍도 하지 않을 만큼 강력한 갑옷을 장착한 것이나 마찬가지였다.

또한 움직임이 빠른 마물들을 다크 슬라임이 올라타게 했다. 그로 인해 마치 기병처럼 다크 슬라임의 이동력이 빨라졌다. 다크 슬라임 나이트의 탄생이었다.

그 상태에서 오마진(五魔陣)이라는 합격진을 만들어 수련을 시켰다. 이는 다크 슬라임을 비롯한 모든 마물들이 혼연일체가 되어야 하는 어려운 수련이었지만, 그 또한 샤크가 무식하도록 반복을 시키니 가능해졌다.

이렇게 완성된 다크 슬라임 나이트들의 전투력은 각각이 중급 마물에 육박했고, 오마진을 펼치면 상급 마물 하나는 감당할 수준이 되었다. 그럼에도 샤크의 닦달은 그치지 않았다.

―수련을 멈추지 마라! 잠시라도 쉬지 말고 수련을 하도록!

그렇게 시간이 흘러갔다.

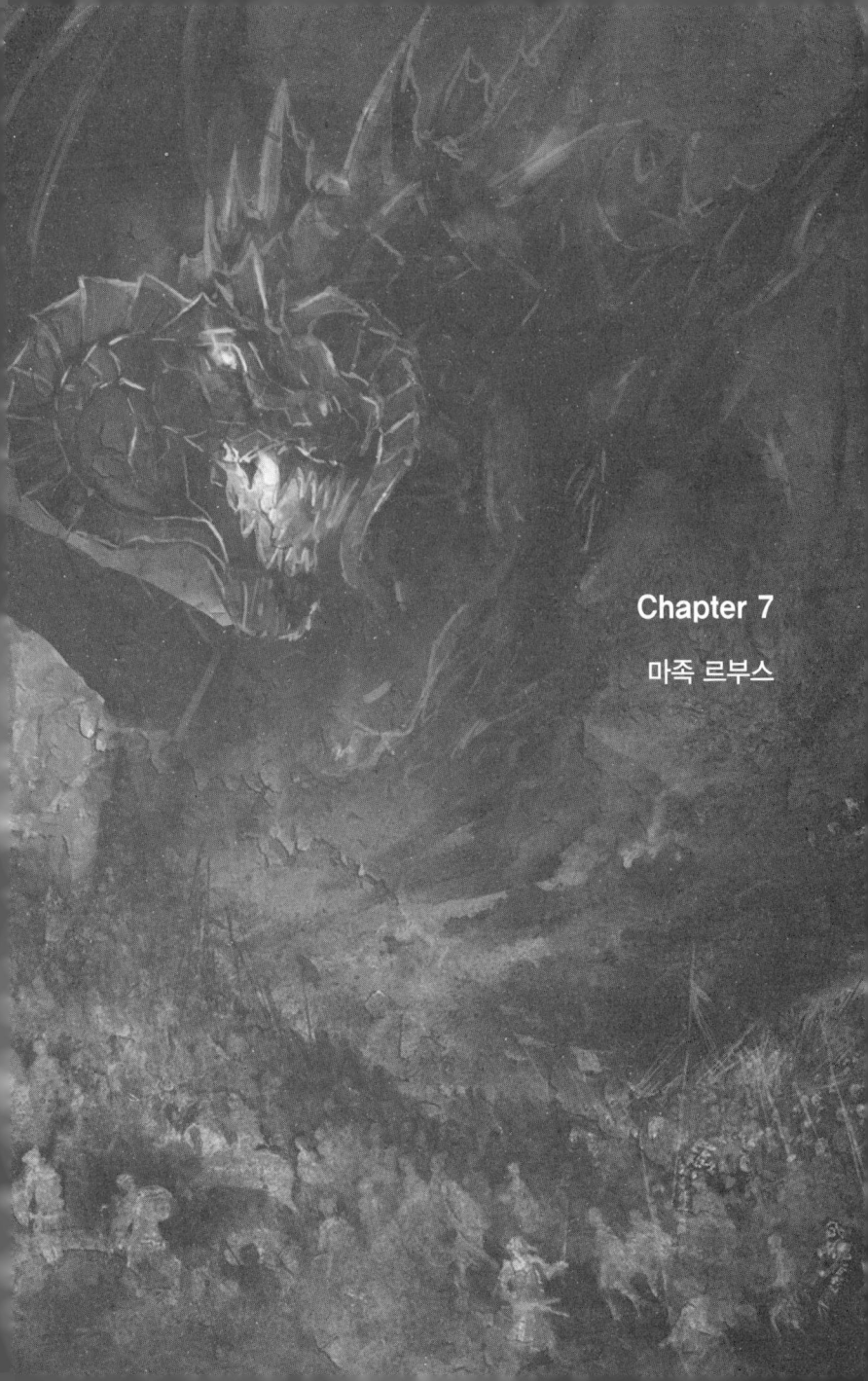

Chapter 7
마족 르부스

츠으으으—

루트 오브 다크니스 속에서 날개의 형태로 존재하고 있는 샤크. 그가 자신의 분신을 만들기 시작한 지 3디에스의 시간이 흘렀다.

그 사이 다섯 개의 다크 슬라임 나이트가 만들어져서 왠지 든든했지만, 과연 그것들로 앞으로 남은 7디에스의 기간을 무사히 버틸 수 있을지는 의문이었다.

아니나 다를까, 울타리 곳곳에 포진되어 망을 보고 있던 최하급 마물들이 외부의 적을 발견하고 다급히 외쳐댔다.

"끽! 끼이익!"

"꾸어억! 꾸어어억!"

물론 샤크는 그것들이 외치지 않아도 뭔가가 접근하고 있다는 사실을 감지했다. 큼직한 인간 형상의 머리에 사자와 같은 몸체, 전갈의 꼬리를 가진 마물들이었는데 그것들은 다름 아닌 맨티코어라 불리는 마물들이었다.

'모두 여덟 마리! 중급 마물들이군.'

맨티코어들은 떼를 지어 몰려다닐 뿐만 아니라 생존력이 강해서 좀처럼 죽지 않는다. 그러다 보니 다른 마물들을 잡아먹고 상급 마물이나 심지어 최상급 마물이 되는 경우가 많은데, 다행히 지금 나타난 녀석들은 중급 마물이었다.

'저 난폭한 녀석들이 나타났으니 다크 슬라임 녀석들이 꽤 고전하겠군.'

샤크의 본신이 건재한 상태라면 굳이 싸우지 않고도 마왕의 기세를 뿜어내어 단번에 권속으로 만들어 버릴 수 있겠지만, 지금은 그것이 불가능했다. 또한 그나마 미약하게 모이는 분신을 만드는데 들어가는 터라 마법을 펼치거나 할 수도 없었다.

즉, 샤크의 권속들인 다크 슬라임들과 최하급 마물들이 힘을 합쳐 저 난폭한 침입자들을 상대하는 것 외에는 방법이 없었다.

따라서 만일 별다른 준비가 없이 이 상황이 되었다면 다크 슬라임들은 무력하게 당하고 말았을 것이다. 하급 마물인 다크 슬라임 다섯이 힘을 합쳐도 맨티코어 하나를 상대하기 힘들었을 테니 말이다.

그러나 이때를 대비해 샤크는 다크 슬라임들과 최하급 마물들을 훈련시켰다. 그래서 탄생한 다크 슬라임 나이트들의 개별 전투력은 중급 마물과 맞먹었고, 오마진을 이루어 합격기를 펼칠 경우 상급 마물이라도 능히 쓰러뜨릴 정도인 것이다.

―나의 권속들이여! 너희들의 뒤에는 나 마왕 샤크가 있다. 능히 이길 수 있으니 두려워 말고 맞서 싸워라.

다크 슬라임들은 포식자 맨티코어들을 보자 전의를 상실한 듯 두려워 떨었지만, 샤크의 음성이 들리자 눈빛이 살아났다. 자신들의 뒤에 마왕이 있다는 사실이 그들의 사기를 회복시킨 까닭이었다.

"크킄! 크르르르!"

"크크크! 크워엉!"

그때 맨티코어들이 울타리를 헤치고 달려들었다.

"키악!"

"꾸어억!"

울타리 사이에서 오들오들 떨고 있던 최하급 마물 십여 마리가 맨티코어들의 발짓 몇 번에 무참히 죽어 나자빠졌다. 역시 샤크가 예상한 대로 최하급 마물들은 방어 능력이라고는 없는 것이나 마찬가지였다.

"크르르르!"

울타리 사이로 손쉽게 진입한 맨티코어들은 자신들의 앞을 막아선 다크 슬라임 나이트들을 보고 어이없어하는 표정을 지었다. 슬쩍 발짓 한 번에도 무너져 내리는 연약한 몸체를 가진 다크 슬라임들은 그들이 장난감처럼 가지고 노는 먹잇감일 뿐이었다. 그런데 감히 반항을 할 줄이야.

"크워어어어!"

화가 난 맨티코어들은 사납게 포식자의 포효를 날렸다. 그러나 다크 슬라임들은 살짝 움찔하기만 할 뿐 뒤로 물러나거나 하는 기색이 없었다. 맨티코어들은 더 이상 참기 힘든 듯 으르렁거렸다.

"크르르!"

"쿠어어어어!"

여덟 마리의 맨티코어들 중에서 다섯 마리가 각각 다크 슬라임 하나씩을 노리고 날아들었다. 나머지 세 마리는 자신들의 동료들이 건방진 다크 슬라임들을 사냥하는 모습을 여유롭게 지켜보고 있었다.

사실 지켜볼 것도 없으리라. 다크 슬라임들의 손이 제법 매섭긴 하지만, 그것들의 약점이 무엇인지 너무 잘 알고 있는 맨티코어들은 단번에 그것들의 몸체를 후려쳐 부숴 버릴 테니 말이다.

그러나 그 순간 맨티코어들로서는 전혀 상상도 못 한 일이 벌어졌으니.

입을 쩍 벌리고 날아든 맨티코어들의 공격을 다크 슬라임들이 옆으로 슥 이동해 피하더니 뾰족한 검의 형태로 변형된 오른손을 쭉 찔러오는 게 아닌가.

슉! 슈슉!

모든 마물 중에서 가장 느리다 할 정도로 굼뜬 움직임을 가지고 있는 다크 슬라임이 맨티코어의 공격을 피한다는 것도 있을 수 없는 일인데, 그것도 모자라 반격까지 한다는 것은 더더욱 있기 힘든 일.

맨티코어들은 피하려 했으나 다크 슬라임들의 공격은 예측 밖의 절묘한 것이라 그중 두 마리의 가슴을 그대로 뚫어 버렸다.

푸욱! 푸확!

맨티코어 두 마리가 그대로 절명했다. 이에 당황한 맨티코어들이 자세를 잡기도 전에 다크 슬라임 다섯 마리가 일제히 오른쪽으로 이동함과 동시에 손을 쑥 뻗어 왔다.

푹! 푸확! 촤악!

마치 피할 수 없는 공간을 미리 알기라도 한 듯 교묘하게 날아드는 다크 슬라임들의 공격에 맨티코어들은 무력하게 당하고 말았다.

"크르!"

"크르르르!"

그 순간 멀리서 지켜보고 있던 세 마리의 맨티코어들이 바람처럼 날아들었다. 그리고 앞발을 휘둘러 다크 슬라임들의 몸체를 힘차게 가격했다.

퍽! 퍼억—

맨티코어들은 이 공격으로 다크 슬라임들이 부서지리라 확신했지만, 다크 슬라임들은 몇 발짝 뒤로 물러나기만 할 뿐 멀쩡했다. 그들의 몸에 붙어 있는 최하급 곤충 마물들의 딱딱한 등껍질이 맨티코어들의 공격으로부터 그들을 보호해 준 것이다.

슥! 스으윽—

그 사이 다크 슬라임들은 평소 수련한 대로 오마진을 펼쳐 맨티코어들을 포위했고, 그들이 숨 돌릴 시간도 주지 않은 채 연속으로 공격을 가했다.

푹! 푸확! 푹!

"꾸어억!"

"끄악!"

그렇게 여덟 마리의 맨티코어들이 모조리 사체로 변했다. 그 장면을 지켜본 샤크는 그동안의 훈련이 헛되지 않았음을 확인하며 흡족해했다.

─수고했다. 나의 권속들이여. 이제 너희들에게 포상을 내리겠다.

샤크는 다크 슬라임들에게 맨티코어의 사체를 뜯어먹게 했다. 하급 마물인 다크 슬라임들이 중급 마물인 맨티코어의 사체를 먹게 되면 엄청난 능력의 신장이 이루어지게 되기 때문이다.

우걱우걱! 쩝쩝!

다크 슬라임들은 비록 진흙으로 이루어졌지만, 마물인 이상 다른 마물의 섭취가 가능했다. 맨티코어의 사체가 그들의 뱃속에 들어가면 소화되어 마기로 흡수되는 식이었다.

그렇게 맨티코어의 사체를 각각 한 마리씩 먹어치운 다크 슬라임들의 기세는, 조금 전과 판이하게 달라져 있었다.

'조금만 더 먹이면 능히 중급 마물이 될 수 있겠는걸.'

샤크는 남아 있는 세 마리의 맨티코어 사체들도 다크 슬라임들이 나누어 섭취하도록 지시했다. 본래 최하급 마물들에게도 조금 나누어 주어 그것들의 능력을 올려볼까 했지만, 그보다는 다크 슬라임들을 최대한 강화시키는 것이 나을 듯해서였다.

그러나 아쉽게도 다크 슬라임들은 중급 마물로 올라가지는 못했다. 그래도 다크 슬라임들의 능력이 몇 배 이상 강해진 것은 분명했다.

―다시 수련 시작! 멈추지 말고 계속하도록 해라.

맨티코어들과 전투를 벌인 지 얼마 되지도 않았는데 다시 혹독한 수련을 하라 지시하다니, 그러나 그것은 다 이유가 있었다.

'녀석들이 섭취한 마물들의 마기가 빠르게 흡수되어 위력을 발휘하려면 수련만 한 것이 없지.'

샤크는 이미 카치카들을 수련시킨 경험이 있기에 그 사실을 잘 알았다. 카치카들은 교활하고 지능이 비교적 뛰어난 편이라 가르치기 편했지만, 다크 슬라임들은 지능이 낮아 뭔가를 이해시킨다는 것은 거의 불가능하다는 것이 문제일 뿐.

그래도 다크 슬라임들의 장점은 있었다. 이들은 그야말로 우직할 정도로 충성스러웠다. 로드인 샤크의 말이라면 몸이 부서지는 것도 신경 쓰지 않고 무조건 따랐다.

그것은 수련에서도 마찬가지. 다크 슬라임들은 쉬지 말고 수련하라고 하면 정말로 쉬지 않고 수련했다. 그러한 반복 수련 덕분에 흑수마공의 위력이 갈수록 강해졌다.

"크륵! 크르르!"

"키키키킥!"

그 후로도 침입자들은 계속 나타났다. 대부분 중급 마물들이었는데 그것들은 오는 족족 다크 슬라임 나이트들의 먹잇감이 되어 버렸다.

다크 슬라임들은 어느덧 중급 마물로 성장했고 그 덕분에 그것들의 움직임은 하급 마물 때와는 비할 수 없이 빨라졌다. 하급 마물들의 도움이 없이도 그들 스스로 그 못지않게 움직일 수 있는 경지에 이른 것이다.

그러나 여전히 그들의 몸을 뒤덮고 있는 곤충 마물들의 도움은 필수였다. 그 사이 샤크는 최하급 마물이었던 곤충 마물들에게도 침입자들의 사체를 섭취하도록 했고, 그로 인해 곤충 마물들은 대부분 하급 마물이 되었다. 덕분에 그것들의 등껍질이 더욱 강하게 변했음은 말할 필요도 없으리라.

이렇게 되자 이제는 중급 마물들 정도는 위협이 되지 않았고, 웬만한 상급 마물들이 나타나도 두려워하기는커녕 오히려 반길 처지가 되었다. 그것들을 해치우면 마물들이 그만큼 강해질 수 있을 테니 말이다.

그런데 인근의 마물들에게 이와 같은 소문이 전해지기라도 한 것인지 이후로는 샤크의 집을 향해 몰려오는 이들은 없었다.

그렇게 다시 3디에스의 시간이 흐르고, 이제 샤크의 분신이 완성되기까지 4디에스가 남았을 무렵이었다.

뜻밖에도 이번에 나타난 것은 마물이 아닌 마족이었다. 마치 산발한 산적처럼 생긴 그는 르부스라는 이름을 가진 하급 마족이었는데, 휘하에 상급 하나와 중급 마물 두 마리를 거느리고 환야를 방랑 중이었다.

그러다 그는 우연히 샤크의 집을 발견했고, 마족답게 곧바로 들이닥치지 않고 잠시 주위를 맴돌며 기회를 엿보는 듯했다.

샤크는 물론 그 사실을 이미 감지했고, 마물도 아닌 마족이 나타났다는 것에 바짝 긴장하지 않을 수 없었다.

다크 슬라임들이 아무리 중급 마물로 성장하고 흑수마공과 오마진의 성취가 늘었다 해도 마족을 상대한다는 것은 불가능했다. 마족 정도라면 한두 가지 가벼운 마법 주문만으로도 다크 슬라임들을 무력하게 만들어 버릴 테니까.

'마물들과 다르게 놈이 신중해서 차라리 다행이로군.'

만일 르부스가 마물들처럼 무턱대고 침입해 왔으면 샤크로서는 손도 써볼 여지가 없이 당했을 것이다.

사실 하급 마족으로 오래도록 환야를 방랑하면서도 여태껏 죽지 않고 살아온 르부스는 소심할 정도로 신중함이 몸에 배어 있었다. 그는 샤크가 만들어 둔 대나무 울타리를 보고 이곳이 마왕의 루트 오브 다크니스가 있는 일종의 마궁이라는 것을 간파한 터였다.

워낙에 마기가 미약해서 처음에는 얼핏 알아보지 못할 정도였지만, 마족인 그가 작정하고 살피니 마왕이 아니면 만들 수 없는 강력한 마력의 근원인 루트 오브 다크니스가 존재한다는 것을 알아챌 수 있었다.

마왕이 존재한다!

그것은 마족들에게는 두려움과 동시에 설레는 일이었다. 강한 마왕의 권속이 되는 것은 이 험악한 환야에서 생존할 가능성이 높아질 뿐만 아니라 든든한 배경이 생기는 것이나 다름없기 때문이다.

물론 그렇다고 좋은 일만 있는 것은 아니다. 마왕들 중에는 자신의 권속들을 착취하는 이들도 있었다. 즉, 자유롭게 환야를 방랑할 때와 달리 마치 노예와 같은 생활을 해야 할 우려도 있는 것이다.

그러나 대부분의 마왕들은 마물들은 착취할지라도 마족들은 우대해 주는 편이었다. 마족들은 마왕의 마물 부대를 지휘하는 부대장급의 지위가 주어지기에 그 위세가 혼자 있을 때보다 비할 수 없이 강력해질 것은 말할 필요가 없었다.

르부스 역시 마족으로 태어나 한때 그와 같은 꿈을 꾼 적이 있었다. 강한 마왕의 권속으로 들어가 떵떵거리며 환야를 누비고 싶은 꿈 말이다.

그러나 그는 아쉽게도 지금껏 단 한 번도 마왕을 만나 본 적이 없었다. 물론 마족으로 태어난 지 이제 겨우 2만 디에스(547년)밖에 지나지 않았으니, 마족으로서는 그야말로 소년과 같은 나이인 것이다.

일전에 그보다 몇 배 이상 오래 산 마족을 우연히 만난 적이 있었는데 그 역시 아직 마왕을 만나 본 적이 없다고 했으니, 이 무한한 환야에서 마왕을 만난다는 것이 얼마나 어려운 일인지 실감하긴 했다.

하긴 마왕뿐 아니라 마왕이나 용자들이 수시로 들락거린다는 오르덴의 도시라는 곳도 한 번 못 가 본 르부스였다.

그 또한 그가 2만 디에스를 방랑하면서도 아직 오르덴의 도시를 발견한 적이 없었기 때문이었다.

따라서 그에게는 소원이 두 개 있는데, 그중 하나는 마왕을 만나 그의 권속이 되는 것이고, 다른 하나는 오르덴의 도시라는 곳에 한 번 가보는 것이었다.

일설에 의하면 오르덴의 도시에 들어가려면 인간의 모습을 하고 있어야 한다기에, 그때를 대비해 그는 평소에도 인간의 모습으로 변신해 움직이고 있었다.

물론 여러 모습으로 변신이 가능했지만 현재의 모습이 그의 부하 마물들이 보기에 가장 멋져 보인다고 말했기에 이 모습을 고수하고 있었다.

'루트 오브 다크니스! 내가 이걸 보게 되다니!'

따라서 르부스는 지금 상황에 무척 놀라우면서도 긴장한 상태였다. 살다 보면 언젠가 마왕을 한 번은 만나겠지 하며 막연히 꿈을 가졌지만, 한편으로 그 꿈을 포기한 상태이기도 했던 것이다.

마왕이란 존재는 환야에서 극히 희귀하면서도 고귀한 존재이기에, 정말로 엄청난 행운이 따르지 않는 한 그를 만나기란 불가능했기 때문이었다.

이렇게 포기한 상태에서 마왕의 루트 오브 다크니스를 발견했다. 잘못 봤나 싶었지만 틀림없었다.

'저곳에 마왕이 있다. 마왕이!'

르부스는 조심스레 대나무 울타리 안을 힐끔거렸다. 그러자 뒤쪽에서 그의 행동을 살피던 부하 마물이 물었다.

"크르! 르부스 님, 뭐 하십니까요?"

그는 상급 마물인 켈루크였다. 전신이 돌로 뭉쳐 이루어진 스톤 골렘 켈루크는 1만 디에스가 넘게 르부스를 따르고 있는 충직한 부하였다. 르부스는 울타리 안쪽을 가리키며 대답했다.

"저 안에 마왕이 있다. 너도 느끼느냐? 루트 오브 다크니스의 힘을?"

"크르! 그, 글쎄요. 저는 잘 모르겠습니다요."

켈루크는 머리를 긁적였다. 르부스는 쓴웃음을 지으며 고개를 끄덕였다.

"하긴 그럴 것이다. 나 역시 자세히 살펴보기 전에는 눈치챌 수 없었으니 말이야."

그러자 켈루크가 돌들 사이로 시커먼 암흑과 같은 동공을 번뜩이며 말했다

"그, 근데 마왕의 요새치고는 좀 초라해 보이는데요? 혹시 소마왕의 요새 아닐까요?"

"소마왕! 그렇군. 내가 왜 그걸 생각하지 못했지?"

켈루크의 말에 르부스의 안색이 굳어졌다. 그는 드디어 마왕을 만나게 되었다는 사실에 벅차 미처 그것을 간과하고 있었던 것이다. 정말로 마왕의 요새라면 이처럼 미약한 마기가 풍겨 나와서는 안 되는 것이다.

게다가 요새치고는 너무 초라했다. 거대한 마왕궁은 아닐지라도 어느 정도 위풍이 드러날 만큼 근사한 요새는 되어야 마땅한 것이다. 적어도 마왕이라면 말이다.

그런데 고작 대나무로 이루어진 울타리에 자그만 초옥 한 채가 전부라니. 이게 무슨 마왕의 요새라 할 수 있다는 말인가.

따라서 르부스는 스톤 골렘 켈루크의 말에 신빙성이 있다 여겼다. 이곳엔 완성된 마왕이 아닌 환야에 태어난 지 얼마 안 되는 소마왕이 웅크리고 있을 것이라고.

"흐음! 정말로 소마왕이라면 얘기가 달라지지."

"키킥! 놈을 죽이고 심장을 먹으면 르부스님의 능력이 몇 배 이상 증가할 것입니다요."

"물론 그렇겠지."

르부스의 입이 헤벌쭉 벌어졌다. 저 울타리 안쪽에 똬리를 틀고 있는 존재가 마왕이 아닌 소마왕에 불과하다는 것을 확신한 순간, 그의 표정은 금세 포식자의 그것으로 바뀌었다.

마왕은 경외의 대상이지만 소마왕은 가장 탐스러운 먹잇감이니까. 그것은 르부스뿐 아니라 환야에 존재하는 모든 마족이나 마물들에게도 마찬가지이리라.

"크크크! 이런 행운이 있다니."

"다크 슬라임 놈들은 저 혼자서도 충분히 해치울 수 있습니다."

마왕의 요새는 겉보기도 초라했지만 방어 병력은 더욱 초라했다. 그나마 위력이 있어 보이는 건 중급 마물의 기운을 풍기는 다크 슬라임들 뿐인데, 그것은 켈루크 혼자서도 가볍게 쓸어 버릴 수 있을 것이다.

"크훗! 그럼 소마왕의 심장을 먹으러 가 볼까?"

르부스는 마생(魔生) 일대의 이 기회를 놓치고 싶지 않았다. 소마왕의 심장을 먹게 되면 장차 그의 능력이 중급 마족이나 상급 마족 못지않게 늘어날 것이다.

'망설이다가 다른 놈들이 와서 채가면 안 된다.'

길을 가다 뜻밖의 보물을 발견한 기분! 르부스는 설레는 가슴을 진정시키며 울타리 안으로 진입을 명령했다.

"공격해라!"

쿵쿵쿵!

곧바로 스톤 골렘 켈루크가 대나무 울타리를 왕창 뽑아 흩어버리더니 위풍당당하게 선봉으로 들어갔고, 그 뒤를 험상궂은 외모의 중급 마물 두 마리가 키득거리며 뒤따랐다.

사실 그 중급 마물들은 탑승 용도인 터라 덩치만 클 뿐 전투력은 거의 없었다. 그래도 거대한 덩치로 인해 상대를 겁주는 데는 꽤 쓸 만했다. 마족 르부스는 마치 산책이라도 하듯 여유로운 표정으로 그것을 지켜보며 걸어 들어갔다.

그 순간 앞마당의 공터에는 다크 슬라임 다섯 마리가 덜덜 떨면서 서 있었다. 다크 슬라임들은 비록 중급 마물이 되었다 하지만, 자신들과 태생부터 비할 수 없이 강력한 존재인 마족이 나타나자 얼어붙어 버렸다. 게다가 선봉에서 험악한 살기를 풍기며 달려오는 마물은 상급 마물 중에서도 가장 강력하다 여겨지는 스톤 골렘이 아닌가.

―나의 권속들이여, 너희는 무엇 때문에 두려워하는 것이냐? 너희의 로드인 나는 마왕이다. 한낱 하급 마족 따위가 나를 어찌할 수 있다 생각하느냐?

샤크의 뜻이 전해지자 다크 슬라임들의 눈빛에서 생기가 돌았다. 그렇다! 그들은 본능적으로 하급 마족의 등장에 겁을 먹었지만, 그들에게는 마족과는 비할 수 없는 고귀한 존재인 마왕이 뒤에 있는 것이다.

―뒤로 물러나지 말고 당당하게 서라. 그리고 감히 나 마왕 샤크 테사우루스의 영토에 침입한 건방진 적들을 사납게 노려봐라.

다크 슬라임들은 물론 샤크가 지금 손 하나 까딱할 수 없는 상황이며, 오직 자신의 권속인 그들에게만 뜻을 통해 지시를 내릴 수밖에 없다는 사실을 알지 못했다. 그들의 우직한 성격은 자신들의 로드인 샤크가 뭔가 심각한 상태라며 의심을 품지 못했기 때문이다.

'크으! 우리 뒤엔 마왕이 있다.'

'로드가 있는데 마족이라 한들 우리를 어쩌지 못할 것이다.'

다크 슬라임들은 샤크의 명령 그대로 당당히 서서 침입자들을 사납게 노려봤다. 갑자기 달라진 기세에 흠칫 놀란 스톤 골렘 켈루크가 우뚝 멈춰 섰다. 마족 르부스도 마찬가지였다.

다크 슬라임들 따위가 스톤 골렘의 앞에서 기가 죽지 않는다니, 이는 말 그대로 호랑이 앞에서 토끼들이 기죽지 않고 덤벼들 기세를 보이는 것과 흡사했다.

켈루크는 마물로 살아온 이래 한 번도 이와 같은 경우를 본 적이 없어서 기가 막혔다. 그러나 그보다 더 기막혀하는 이가 있었으니, 물론 그는 르부스였다.

아무리 하급 마족이라지만 그래도 마족은 마족이다. 간혹 일부 특별한 최상급 마물 중에서 웬만한 마족들보다 강한 녀석들이 나타나긴 하지만, 그것은 아주 희귀한 경우이고, 대부분의 마물들은 마족보다 약한 것이 사실이었다.

따라서 마물들이 마족에게 대항한다는 것은 있을 수 없는 일인 것이다. 르부스로서는 놀랍다 못해 당혹스러울 지경이었다.

'크큭! 저것들이 겁에 질려 미치기라도 한 건가?'

르부스는 켈루크에게 당장 쓸어버리라 말하려 했다. 그러나 그가 그 말을 하기 전에 앞의 다크 슬라임 하나가 입을 쩍 벌리며 느릿하게 말했다.

"크으으으! 치…… 침입자들이여! 감히 그 누가 마왕의 단잠을 깨우려 하느냐고 로드께서 물으셨다. 조…… 좋게 말할 때 꺼지지 않으면 모조리 죽여 하급 마물들의 식사 거리가 되게 만들 것이다, 라고 하셨다……."

"뭐, 뭐라고?"

르부스는 순간 소스라치게 놀라 자신도 모르게 한 걸음 뒤로 물러났다. 그것은 르부스 뿐만 아니라 스톤 골렘도 마찬가지였다.

단잠을 자고 있으니 방해하지 마라! 좋게 말할 때 꺼지지 않으면 모조리 죽여 하급 마물들의 식사거리가 되게 만들 것이다!

이 말은 마왕이 아닌 그의 권속으로 추정되는 다크 슬라임의 입에서 나왔지만 르부스를 겁주기에는 충분했다.
'서, 설마 소마왕이 아닌 진짜 마왕?'
정말로 마왕이 단잠을 자고 있는데 침입한 것이라면 큰일이리라.
마왕에 대한 본능적인 두려움을 가지고 있는 르부스는 다크 슬라임의 말이 끝나자마자 지체 없이 뒤로 달아나 울타리를 벗어났다. 그것은 그의 부하인 켈루크도 마찬가지였다.
"허억! 안 되겠다. 일단 피하자."
"그게 좋겠습니다요."
그 후로도 그들은 한참을 더 달렸다. 대나무 울타리가 까마득히 멀리 보일 때까지 달리고서야 잠시 멈춰 서서 숨을 몰아쉬었다.
"그가 설마 진짜 마왕이었다니. 하마터면 큰일 날 뻔했군."

"그러게 말입니다요."

켈루크 역시 위풍당당하던 기세는 어디 갔는지 잔뜩 기가 죽어 있었다. 그 주인에 그 부하라고. 덩치에 걸맞지 않게 스톤 골렘 켈루크는 겁이 많고 소심했다. 물론 덩치만 큰 두 마리의 중급 마물들 역시 말할 필요가 없었다.

그들은 잠시 자신들이 무사한 것에 안도하다가 불현듯 뭔가 이상하다는 생각이 들었다. 아무리 봐도 이해가 가지 않는 부분이 한두 가지가 아니었던 것이다.

"이봐, 켈루크! 그 다크 슬라임 놈이 말한 것이 진짜 사실일까?"

"지금 생각해 보니 왠지 이상합니다요. 하지만, 마왕이 정말로 단잠을 자고 있는 것이라면 저흰 하급 마물들의 식사거리가 되고 말 것입니다요."

"으음!"

르부스는 침중한 표정으로 고개를 끄덕였다. 그는 결코 하급 마물들의 식사거리가 되고 싶지 않았다. 따라서 저 울타리 안에 웅크리고 있는 자가 진짜 마왕인지 소마왕인지 굳이 확인해 볼 생각은 사라졌다.

그보다 그는 다른 생각으로 가슴 벅차했다.

'그렇지 그분이 정말 마왕이라면 권속으로 받아달라고 해 봐야겠다.'

소마왕은 탐스러운 먹잇감이지만 마왕은 경외의 대상이다. 울타리 안의 존재가 마왕이라 확신하는 순간 르부스의 가슴은 그에 대한 경외감이 가득했다.

"돌아간다."

"어디로요?"

"마왕께 가서 권속이 되게 해달라고 빌 작정이다. 너도 조용히 나를 따라와."

"예엣?"

켈루크는 깜짝 놀란 듯했다. 그는 움찔 몸을 떨며 말했다.

"공연히 갔다가 잠을 깨웠다며 그분이 분노하면 어떻게 합니까요? 그, 그냥 가던 길을 가는 게 어떨까요?"

"조용히 가서 기다리면 될 거야. 잔소리 말고 따라와."

소심한 르부스였지만 마왕의 권속이 될 기회라는 확신이 들자 그는 다른 것이 눈에 들어오지 않았다. 그는 자칫 죽을지도 모르는 그곳으로 앞장서 돌아갔고, 켈루크와 두 중급 마물들도 울상을 지으며 그의 뒤를 따라갔다.

Chapter 8

마족의 특수 능력

다크 슬라임들을 통해 마족을 협박했던 것은 의외로 놀라운 효력을 발휘했다. 샤크는 설마 르부스와 그의 부하 마물들이 그런 얄팍한 협박 한 번에 기겁하고 물러갈 줄은 몰랐던지라 뜻밖의 성과에 흐뭇해했다.

'그 또한 놈이 마족이기에 통하는 협박이었을 것이다.'

맨티코어와 같은 단순한 마물들에게는 전혀 통하지 않는 협박! 마족은 그들과 달리 생각이 많다 보니 샤크가 단잠을 자고 있다는 말에 충분히 그럴 수도 있다는 생각을 한 것이 분명했다.

'그나저나 내 꼴도 정말 우습군. 고작 하급 마족 하나에 이렇게 긴장하다니 말이야.'

하급 마족이 아닌 최상급 마족도 손가락 하나로 날려버릴 수 있던 샤크였다. 아니 마왕이나 용자는 물론이요, 그들과 비할 수 없이 강력한 존재였던 일루전 족들조차 두렵게 만들었던 샤크가 아니었던가.

그런데 하필 혼돈의 차원 폭풍에 휘말려 말 그대로 소멸 직전의 상태에 이른 터라 지금과 같은 서러운 꼴을 당하는 것이다.

'앞으로 4디에스! 그 기간만 지나면 적어도 마족들 따위에게 긴장할 일은 없어진다.'

분신만 완성되면 지금처럼 마물들에게 의존하여 연명하는 일은 벌어지지 않을 것이다. 그때부터는 마족이나 마물 권속들을 대거 확보하고, 마궁의 방어 능력을 강화시켜 그 누구도 루트 오브 다크니스를 탐내지 못하게 만들 생각이었다.

문제는 과연 앞으로 4디에스라는 기간을 무사히 버틸 수 있느냐였다. 그 사이 또 다른 마족이 침입해오기라도 한다면 아까처럼 요행스러운 방법으로 퇴치할 수 있다는 보장이 없었다.

그런데 그때 다시 샤크가 우려하던 일이 벌어졌으니.

샤크의 협박에 꽁지가 빠져라 달아났던 하급 마족 르부스와 그의 부하들이 다시 울타리 앞쪽에 나타났다.

하긴 아무리 소심하고 겁이 많은 하급 마족이라 한들 그 따위 협박을 그대로 믿기란 쉽지 않을 것이다. 분명 뭔가 수상한 기색을 눈치채고 다시 온 것이리라. 샤크로서는 난감한 상황이었다.

그러나 르부스가 울타리를 열고 들어와 외친 말은 전혀 뜻밖이었다.

"위대한 마왕이시여! 저의 무례를 용서하소서."

그 말과 함께 르부스는 어디서 배웠는지 오체투지의 자세로 엎드러졌다. 샤크는 르부스의 의도를 알 수가 없어서 다크 슬라임 중 하나를 통해 물어보게 했다.

"크으으으! 로······로드께서 무엇 때문에 다시 돌아와 단잠을 깨우느냐고 물으셨다."

다크 슬라임은 샤크가 뜻을 전한 그대로 외쳤다. 그러자 르부스는 조심스레 고개를 들고는 대답했다.

"위대한 마왕이시여! 저는 하급 마족 르부스입니다. 부디 저를 당신의 권속으로 받아주십시오. 마왕을 섬기는 것이 제 필생의 소원이옵니다."

르부스는 자신의 속내를 숨길 필요 없다 생각하여 솔직하게 말했다. 그 뒤로 그의 부하 마물들인 스톤 골렘 켈루크 등이 마찬가지로 오체투지의 자세로 엎드러졌다.

'흠.'

샤크는 비로소 상황이 어찌 된 것인지 알 수 있었다. 하급 마족인 르부스가 마왕과 만나 그의 권속이 되기를 소망하고 있었던 것을 말이다.

'하긴 마족으로 태어나 단 한 번도 마왕을 만나보지 못하고 죽은 녀석들도 꽤 된다고 했지.'

이는 루델을 통해서 들은 얘기였다. 물론 최상급 마족인 루델은 그와 반대로 이 마왕 저 마왕을 전전하며 온갖 착취, 학대를 당했던 기구한 삶을 살았지만 말이다.

어쨌든 샤크로서는 하급 마족이 자발적으로 권속이 되겠다 말하니 거절할 이유가 없었다. 다소 어설프고 소심해 보이는 면은 있지만, 그래도 지금 상황에 하급 마족이 권속으로 있으면 든든한 전력이 되어줄 것이다.

샤크는 즉시 다크 슬라임을 통해 뜻을 전하게 했다. 다크 슬라임이 외쳤다.

"크으으으! 로…… 로드께서 전하라 하시길, 너의 기특한 뜻을 받아들이도록 하지. 너는 이제 나 마왕 샤크 테사우루스의 권속이 되었다, 라고 하셨다."

그러자 르부스의 안색이 환해졌다. 그는 사실 마왕이 자신을 거절할까 봐 조마조마했던 것이다.

"오오! 위대하신 마왕 샤크 테사우루스시여! 하찮은 하급 마족인 저를 당신의 권속으로 받아 주시니 실로 영광이옵니다. 미력하오나 죽음의 맹세로 당신께 저의 충심을 보이겠나이다."

르부스는 샤크가 시키지도 않았는데 스스로 죽음의 맹세를 시작했다.

"어둠의 힘 앞에 맹약하오니! 나 마족 르부스는 마왕 샤크 테사우루스 님의 권속이 되었나이다. 샤크 님은 나의 로드이시며, 나는 그분께 영원한 충성을 바치겠습니다. 혹시라도 내가 이 맹약을 어기고 그분을 배신한다면 어둠의 저주를 받아 내 몸은 갈가리 찢어질 것이고, 마물들의 먹잇감이 되어 사라질 것입니다."

그의 말이 끝나자마자 시커먼 기운이 일어나 그의 몸을 휘감았다. 그것은 그가 가진 어둠의 기운 즉, 마기를 통해 발현한 저주로 그를 구속하는 무서운 위력이 있었다.

즉, 이후로 르부스가 샤크를 배신하게 되면 그의 몸속에 내재한 마기가 그의 몸을 갈가리 찢어버릴 것이다.

그와 같은 맹세를 시키지 않았는데도 할 줄이야. 샤크로서는 르부스가 기특하면서도 한편으로 어이가 없었다.

'그냥 자유롭게 살 것이지 뭣 하러 남의 밑으로 들어와 고생을 하겠다는 건지 모르겠군.'

그러나 그것은 그가 마왕이라 마족들의 심정을 잘 알지 못해서 하는 생각이었다. 극히 일부의 최상급 마족 정도라면 모를까 그 이하의 마족들이라면 마왕의 권속이 되어 그의 보호 아래 있고 싶어 하는 본능이 있는 것이다.

어쨌든 이로써 르부스는 샤크의 권속이 되었다. 그가 스스로 마기를 통해 맹약을 했기에 샤크는 아무런 마기의 소모 없이도 권속 하나를 얻은 것이었다. 그리고 그가 권속이 된 이상 샤크는 자신의 뜻을 그에게 전달할 수 있었다.

―르부스! 네게 이곳의 모든 마물들을 통솔할 수 있는 권한을 주겠다. 너는 앞으로 4디에스 동안 마물들을 지휘해 누구도 나의 수면을 방해하지 못하도록 하라.

샤크의 뜻이 전해져 오자 르부스는 그 즉시 다시 오체투지 했다.

"명을 받들겠사옵니다, 로드."

마왕의 권속이 된 후 받은 첫 번째 임무다. 르부스는 자신의 로드인 샤크가 수면을 푹 취할 수 있도록 그 어떤 침입자라도 퇴치하겠다며 각오를 단단히 다졌다.

 사실 샤크는 르부스에게 집의 방어를 일임시키긴 했지만 그렇다 해도 안심할 수는 없어 지켜보며 참견할 생각이었는데, 그로서는 전혀 상상도 못 했던 놀라운 일을 르부스가 해내기 시작했다.

 르부스가 가장 먼저 한 일은 다크 슬라임들을 뒤뜰의 숲으로 이동시킨 후 그곳에서 용변을 보는 자세를 취하게 한 것이었다.

 다크 슬라임 같은 마물은 따로 용변을 볼 필요가 없는데 그와 같은 자세를 취하게 하자 실제로 변이 튀어나왔다.

 처음에는 마치 누리끼리한 변과 같은 색이었던 그것은 자세히 보니 변이 아닌 작은 다크 슬라임이었다. 마치 닭이 알을 낳듯 다크 슬라임들은 변을 통해 스몰 슬라임을 낳았다.

 이 같은 사실은 샤크가 짐작도 못 한 일.

 마치 일국의 국왕이 그의 하급 신하나 관원들이 하는 잡다한 일까지 다 알지 못하듯, 마왕도 각각의 마족이나 마물들의 번식이 어떻게 이루어지는지 다 알 수 없는 것은 당연하리라.

 흥미롭게도 하급 마족인 르부스는 마물들을 번식시키는

능력이 있었다. 물론 그것은 그동안 그 자신조차 알지 못했던 잠재된 능력이었는데, 마왕의 권속이 되자 그 숨겨진 능력이 발현되었다.

비유하자면 르부스는 무관(武官)보다는 문관(文官), 그것도 마물 번식이라는 뛰어난 내정 능력을 가진 재사(才士)라 할 수 있으리라. 사실 그와 같은 특수한 능력은 최상급 마족 중에도 거의 없는 아주 희귀한 것이었다.

즉, 전투에 있어서는 뛰어난 능력을 가진 마족들이 수두룩하지만, 르부스처럼 특수한 내정 능력을 가진 마족은 거의 없었다. 만일 다른 마왕들이 이 사실을 알게 된다면 수단과 방법을 가리지 않고 르부스를 빼앗아 가려 할 것이다.

따라서 마물을 번식시키는 능력을 가진 르부스는 하급 마족이지만, 최상급 마족 이상의 가치를 가진 존재였다. 적어도 마왕에게는 말이다.

'이거 마치 횡재를 한 기분이군.'

샤크는 흡족한 마음으로 르부스가 마물들을 하나씩 번식시키는 것을 지켜보았다. 변처럼 항문을 통해 튀어나온 스몰 슬라임들은 최하급 마물의 능력을 가지고 있었지만, 조만간 성체로 자라면 하급 마물이 될 것이다.

그리고 그것들이 다시 번식을 해서 스몰 슬라임을 낳을

것이고, 그러다 보면 다크 슬라임들의 숫자는 엄청나게 불어날 것이 틀림없었다.

본래라면 하급 마물에 불과한 다크 슬라임들은 숫자가 많아 봤자 그리 위협적인 전력이 되기 힘들지만, 샤크의 부하가 된 이상 중급에서 장차 상급 마물이 될 수도 있을 것이니 얘기가 달라진다.

'호박이 넝쿨째 들어온다는 말이 바로 이런 건가.'

샤크는 르부스가 무척 기특하기 짝이 없었다. 스스로 찾아와 권속이 된 것도 그렇고, 특수한 능력을 가진 것도 그렇고 마음에 안 드는 구석을 찾기가 힘들 정도였다.

계속해서 르부스는 자신의 오랜 부하였던 스톤 골렘 켈루크도 번식시켰다. 스톤 골렘은 다크 슬라임처럼 변을 봐서 만들어 내는 방식이 아니라, 수많은 돌덩어리들을 쌓아 놓은 후 스톤 골렘이 그곳에 마기를 주입하는 방식이었다.

그렇게 한참이 지나자 켈루크와 거의 비슷하게 생겼지만 덩치는 십분의 일도 안되는 스몰 스톤 골렘이 생겨났다. 인간으로 치면 아기가 태어난 것이다.

그러나 마물들은 인간들과 달리 모성이나 부성 같은 끈끈한 정을 가지고 있지 않았다. 다크 슬라임과 스톤 골렘은 새로 태어난 슬라임이나 골렘에 거의 관심을 보이지 않았다.

 스몰 슬라임들과 스몰 스톤 골렘은 알아서 생존해야 하는데, 만일 마물 숲에서 태어났으면 그들은 태어난 즉시 다른 마물들의 식사 거리나 장난감이 될 위기에 처했을 것이다.

 그러나 이곳은 마왕 샤크의 영역이기에 같은 권속들끼리는 약육강식의 법칙이 지배되지 않는다. 샤크가 따로 지시하지 않아도 마물들은 본능적으로 그것을 알았다.

 물론 인간이 가축을 키우듯 마물 중에서도 그런 용도와 운명으로 태어난 것들도 존재한다. 샤크의 집 뒤뜰에 있는 숲에서 일정 시간마다 그러한 최하급 곤충 마물과 마식물들이 생겨나는데, 르부스는 시키지 않았는데도 알아서 척척 그것들을 잘 분배해 마물들에게 먹였다.

 '마족이 있으니 여러모로 편하군.'

 덕분에 샤크는 분신을 만드는데 좀 더 집중할 수 있었다. 그러나 그렇다 해도 분신이 완성되기까지는 안심할 수 없는 일. 그는 끝까지 긴장의 끈을 놓지 않고 울타리 주변에 새로운 침입자가 나타나는지 지켜보았다.

 다행히 이곳에 비록 하급이라 하지만 마족이 있다는 사실도 알려졌는지, 이후로 감히 울타리를 넘어 달려드는 마물들은 없었다.

르부스는 마물들을 번식시키느라 바빴고 다크 슬라임들은 샤크가 지시한 그대로 수련에 몰두했다. 흥미로운 사실은 스몰 다크 슬라임들도 그것을 따라 하기 시작했다는 것!

심지어 스톤 골렘 켈루크도 그것을 유심히 지켜보다 비슷한 동작을 취했다. 그러자 스몰 스톤 골렘도 그것을 흉내내며, 집의 앞마당은 마물들의 수련장이 되었다.

샤크는 강인한 몸체에 파괴적인 괴력을 가진 스톤 골렘에게는 흑수마공보다는 권격 초식 위주로 되어 있는 수라마공(修羅魔功)을 수련시켰다. 기초 마공인 흑수마공에 비해 수라마공은 전생에서 마교십대마공 중의 하나일 만큼 고강한 절학이었다.

따라서 조만간 스톤 골렘 마물 부대가 샤크의 주전력이 될 것은 당연했다. 마공의 위력도 비할 수 없이 강하지만 상급 마물인 스톤 골렘의 경우 애초부터 전투력이 매우 뛰어난 마물이기 때문이었다.

웬만한 타격에는 꿈쩍도 하지 않는 철벽과 같은 몸체에 어지간한 상급 마물도 한 방에 날려 버릴 만한 괴력! 같은 상급 마물 중에서도 스톤 골렘의 전투력은 최상위에 있을 정도인 것이다.

그런 스톤 골렘이 마교십대마공 중의 하나인 수라마공을 펼친다면 그야말로 가공할 위력을 발휘할 것이 틀림없었다.

그러나 아쉽게도 스톤 골렘의 번식력은 다크 슬라임에 비해 극도로 떨어졌다. 그 사이 스몰 슬라임들은 백여 마리에 육박했지만 스몰 스톤 골렘은 고작 세 마리뿐이었다.

따라서 다크 슬라임들이 비록 전투력이 떨어진다고 하지만, 그 막대한 번식력으로 인해 한동안 샤크의 든든한 주력 부대가 될 것은 틀림없었다.

'이제 시간이 거의 되었다.'

그 사이 샤크는 분신이 거의 완성되었다. 분신의 신체는 완벽하게 만들어졌고 지금은 무극지기가 흐를 수 있는 혈맥을 구성하고 있는 중이니, 남은 시간은 인간들의 시간으로 대략 1일 정도였다.

샤크는 부디 이 시간이 무사히 지나갔으면 하는 심정이었지만, 항상 그렇듯 마지막 고비라는 것이 있는 법이다. 갑자기 조용하던 울타리 근처로 또 다른 마족 하나가 나타나 포식자의 눈빛을 뿜어내고 있었던 것이다.

아름다운 여성의 외모를 가진 그 마족의 이름은 팔리아나! 마족 중에서도 유독 아름다운 용모를 가지고 있다는 서큐버스였다.

그녀는 중급 마족이었으며 무려 수십 마리나 되는 마물들을 부하로 거느리고 있었다. 모두 맨티코어들이었는데, 그중 세 마리가 상급, 나머지는 모두 중급 마물들이었다.

'하필이면 이때!'

샤크는 탄식했다. 르부스가 이끄는 마물 병력이 제법 강해졌다지만, 지금 나타난 중급 마족 팔리아나 패거리를 당해내기란 쉽지 않을 것이다.

일단 상대가 중급 마족이라는 것이 문제였다. 물론 같은 중급 마족들도 전투력이 천차만별이긴 하지만, 하급 마족에 비해서는 월등히 강한 것만은 분명했다.

다만 마물들의 전력에 있어서는 르부스 쪽이 우위에 있긴 했다. 마교십대마공의 하나인 수라마공을 익힌 스톤 골렘이라면 혼자서 능히 세 마리의 상급 마물을 상대할 수 있을 것이고, 중급 맨티코어들 또한 흑수마공과 오마진을 익힌 다크 슬라임 부대가 능히 격파할 수 있을 것이다.

따라서 현재로서는 르부스가 팔리아나를 상대로 최대한 시간을 끌어 버티는 사이 켈루크를 비롯한 마물들이 적의 마물 부대를 격파하는 것이 그나마 승산 있는 전략이었다. 아무리 중급 마족이라도 혼자서 르부스와 켈루크 등을 동시에 상대하기란 벅찰 것이니 말이다.

―르부스! 네 덕분에 꿀잠을 자고 있구나. 이제 잠시 후면 나의 수면도 끝나니, 그때까지만 방해꾼들을 물리치도록 하라.

샤크의 뜻이 전해지자 르부스는 즉시 허리를 꾸벅였다.

"염려 마소서, 로드. 강적이 나타나긴 했지만 반드시 물리치겠습니다."

르부스는 샤크가 수면 상태에서 어떻게 뜻을 전해오는지 의심을 품지 않았다. 그저 마왕은 그럴 수도 있으리라 생각할 뿐이었다.

그보다 그의 마음은 다른 일로 걱정이 태산 같았다. 하급 마족인 자신이 강력한 중급 마족을 상대로 어떻게 승리를 거두어야 할지 도무지 가늠이 서지 않았던 것이다.

와직! 콰지직!

그때 팔리아나 패거리가 울타리 일부를 박살 내며 의기양양하게 들어왔다.

"호호호! 설마 이곳에 소마왕이 루트 오브 다크니스를 만들어 두었을 줄 누가 알았겠어? 이제 나도 상급 마족이 될 수 있겠구나."

팔리아나는 요염하기 짝이 없는 미소를 흘렸다. 그녀는

하급 마족인 르부스가 그녀를 향해 눈을 부릅뜨고 있는 것을 알면서도 마치 그를 무시하듯 거들떠보지도 않았다.

"후훗, 쥐 죽은 듯 숨어 있어야 할 소마왕이 이렇게 떡하니 자신의 위치를 드러내고 있다니, 역시 소마왕들은 경험이 미숙하다는 말이 사실이었나 보구나. 어디 어떻게 생긴 소마왕인지 한 번 볼까?"

팔리아나는 마치 당연하다는 듯 초옥을 향해 발걸음을 옮겼다. 그러한 그녀의 모습을 보면 이미 이곳은 그녀의 소유가 된 것처럼 느껴질 정도였다. 르부스가 싸늘히 외치며 그녀를 막아섰다.

"감히 마왕 샤크 테사우루스 님께 무례를 범할 셈인가? 경고컨대 어서 이곳을 떠나라."

"오호호훗! 마왕은 무슨! 이따위 미약한 마기를 풍기는 마왕이 어디 있어? 소마왕이면 모를까?"

마족들도 소마왕은 마왕 취급을 하지 않는다. 르부스 역시 그 사실을 알지만 그는 자신의 로드인 샤크가 소마왕이 아닌 마왕이라고 확신했다.

"더 이상 무엄을 행하지 마라. 로드께서는 수면 중이시라 방해하지 말라 하셨다."

르부스의 말에 팔리아나가 흠칫하는 표정을 지었다. 이

곳에서 무시할 정도로 미약한 마기가 풍겨나와 소마왕의 루트 오브 다크니스인 줄 알았는데, 마왕이 수면에 빠져 있는 상태라고?

'그럴 리가!'

그녀가 알기로 마왕이 잠을 자는 경우는 거의 없다. 인간과 달리 잠을 잘 필요가 없기 때문이다. 그것은 마족인 그녀 역시 마찬가지. 마기가 소모되면 잠시 휴식을 취하며 보충을 하면 했지, 인간들처럼 잠을 잘 필요는 없는 것이다.

그러나 그렇다 해서 잠을 잘 수 없는 것은 또 아니다. 잘 필요가 없어서 자지 않는 것뿐이지, 그녀 역시 잠을 자려면 얼마든지 잘 수 있었다.

따라서 그렇게 본다면 이 허름한 집의 주인이 마왕일 가능성도 없지 않았다. 다만, 한 가지 의문인 점은 마왕이 잠을 잔다고 해서 루트 오브 다크니스에서 풍기는 마기가 이토록 미약할 리가 있느냐는 것!

'망할! 이런 경우는 처음이라 머리가 아프네.'

그때 팔리아나가 혼란스러워하는 기색을 느꼈는지 르부스가 말했다.

"그대는 심히 어리석은 생각을 하고 있다. 나는 비록 그대보다는 약하지만 그래도 마족인데, 내가 한낱 소마왕을 로드로 섬기고 있을 것이라 생각하는가?"

"훙! 그거야 네놈이 혼자 먹으려고 날 속이고 있는 것이 겠지! 내가 넘어갈 줄 아느냐?"

"크킄! 믿기지 않으면 기다려 보는 것이 어떤가? 로드께서는 잠시 후에 깨어나신다고 했으니 말이야. 정말로 그분이 소마왕이 아닌 마왕인지는 그때 가서 확인해도 될 것이다. 물론 로드께서 깨어나신 후에 그대가 지금 행한 무례를 용서하실지는 나도 알 수 없다."

"……."

듣고 보니 팔리아나는 르부스의 말이 일리가 있어 보였다. 혹시라도 마왕이 잠을 자고 있는데 그녀가 그를 공격했다가는, 말 그대로 쥐새끼가 잠자는 사자의 코털을 건드리는 꼴과 다를 바 없는 것이다.

그런데 그는 잠시 후 잠에서 깨어난다고 했으니, 그때가 되면 마왕과 같은 가공할 마기가 다시 풍겨날 것이다. 그때 가서도 마기가 이처럼 미약하다면 소마왕이 틀림없을 것이니 즉각 해치워 심장을 먹어치우면 되는 것이다.

'틀림없어. 저 하급 마족 녀석이 소마왕의 심장을 독차지하려고 날 속이고 있는 거야.'

팔리아나는 내심 그렇게 확신했지만 그래도 혹시 모른다

는 생각에 기다려보기로 했다. 다만, 르부스의 말 중에서 한 가지 꺼림칙한 것이 없지 않았다.

저 루트 오브 다크니스에서 잠을 자고 있는 이가 소마왕이 아닌 진짜 마왕이라면?

아무리 생각해도 그럴 가능성은 없지만 만일의 경우였다. 그가 만일 잠에서 깨어났을 때 팔리아나를 가만 놔둘리 있을까?

'으음!'

팔리아나 역시 아직 진짜 마왕을 만나 본 적은 한 번도 없다. 그러나 마왕이 얼마나 포악하고 무서운 존재인지 그녀가 가진 마족의 본능으로 잘 알고 있었다.

'그가 진짜 마왕이라면 아마 날 잡아먹어 버릴지도 몰라.'

지금처럼 마왕의 거소에 무단 침입했다는 것 자체가 죽을죄일 테니까. 이에 겁이 더럭 난 팔리아나는 재빨리 부하들을 이끌고 울타리 밖으로 나갔다. 그러고는 멀찌감치 떨어진 곳에서 그곳을 관찰하기로 했다.

'혹시라도 마왕의 기세가 느껴지면 무조건 달아나야 해.'

사실 그가 진짜 마왕이라면 그가 깨어나기 전에 달아나

는 것이 현명한 일이리라. 그녀가 소문으로 들은 마왕의 능력이라면 이 근처에 있는 것만으로도 위험한 일이기 때문이다.

'그래. 왠지 기분이 좋지 않아.'

그녀는 돌연 냉정하게 생각해 보았다.

'만일 소마왕이 맞다면 그 하급 마족 녀석이 여태껏 그걸 놔뒀을 리가 만무해.'

생각해 보니 그렇다. 하급 마족 정도의 능력이라면 소마왕 정도는 충분히 해치우고도 남았을 것이다. 그런데 왜 그걸 그대로 방치해 두었을까?

그것은 그 루트 오브 다크니스 안에 있는 존재가 하급 마족으로서는 감히 어찌할 수 없는 존재임을 의미했다. 다시 말해 그 하급 마족의 말대로 그 초옥 안에는 소마왕이 아닌 진짜 마왕이 잠을 자고 있을 가능성이 농후한 것이다.

소마왕의 심장을 먹겠다는 생각에 잠시 이성을 상실했던 팔리아나는 그제야 가슴이 서늘해졌다. 자신이 하마터면 큰일을 낼 뻔했던 사실을 깨달은 것이다.

'피해야 해. 마왕이 깨어났을 때 내가 이 근처에 있는 걸 발견하면 가만 놔두지 않을 거야.'

팔리아나는 그와 같은 판단을 내린 즉시 맨티코어 하나

를 타고 바람처럼 달렸다. 그 뒤로 다른 맨티코어들이 그녀를 따라왔다.

한참을 내달렸을까?

비로소 그 마왕의 거처에서 꽤 멀어졌다는 생각에 안도하고 있던 팔리아나는 문득 어디선가 으스스한 한기가 느껴져 흠칫 놀랐다.

'허억!'

그녀의 뒤쪽이었다. 고개를 돌리자 그곳엔 마치 오우거와 같은 외모를 가진 거대한 마족 하나가 그녀를 흉물스러운 눈빛으로 노려보고 있었다.

"앗, 당신은?"

"흐흐흐흐! 오랜만이구나, 팔리아나. 그동안 잘 있었느냐?"

"페, 페브리스 님!"

팔리아나는 몸을 떨었다.

'치잇! 망했구나. 하필이면 저 망할 자식을 여기서 만날 줄이야.'

페브리스는 상급 마족이었는데, 팔리아나는 그와 마주친 적이 적지 않았다. 그때마다 그녀는 소지하고 있던 모든 재산을 모조리 그에게 바쳐야 했고, 심지어 몸까지 바쳐 그를 만족시켜야 했다.

억울하지만 어쩌겠는가.

상급 마족인 그의 능력은 팔리아나가 무슨 수를 써도 이길 수 없는데 말이다. 특히 그의 성욕은 매우 왕성해서 서큐버스인 팔리아나를 보면 절대 그대로 넘어가지 않았다.

따라서 이대로라면 팔리아나는 앞으로 한동안 페브리스에게 시달려야 할 것이다. 물론 서큐버스 마족인 팔리아나에게 있어 그런 정도의 일은 아무것도 아니며, 오히려 반길 일일 지도 모른다.

그러나 페브리스에게 워낙 맺힌 게 많은 터라 그녀는 그를 볼 때마다 끔찍하기 짝이 없었다.

'망할! 마왕은 뭐하나? 저런 놈 좀 안 잡아가고.'

그녀는 페브리스가 마왕을 만나 죽어 버렸으면 얼마나 좋을까 생각했다. 그러나 그런 내심과는 달리 그녀는 요염하기 그지없는 웃음을 흘리며 말했다.

"호호호! 그렇지 않아도 페브리스 님이 보고 싶었는데 여기서 또 만날 줄은 몰랐어요."

그러자 페브리스가 누런 이빨을 드러내며 키득키득 웃었다.

"크크! 집어치워라. 날 보니 역겨워 죽겠다는 표정이 역력한데 말이야."

"그, 그럴 리가요?"

팔리아나는 아닌 척 고개를 흔들었지만 페브리스의 두 눈은 더욱 차가워져 있었다. 그는 힐끗 고개를 돌리더니 팔리아나의 옆에 있는 맨티코어 하나를 후려갈겼다.

팍!

"쿠어억"

맨티고어는 그대로 머리가 깨져 즉사했다. 페브리스는 그것의 앞다리를 쭉 찢어 들더니 우걱우걱 씹으며 말했다.

"크크! 내가 며칠 굶었더니 배가 고파서 어쩔 수 없구나. 아, 물론 공짜로 먹겠다는 건 아니니 염려마라. 값을 치를 테니까."

이럴 수가! 중급 마물도 아닌 상급 마물을! 팔리아나는 미쳐 날뛰고 싶은 심정이었지만 애써 미소 지었다.

"호호호, 제가 어찌 페브리스님께 값을 받을 수 있겠어요? 염려 말고 맛있게 드세요."

"말은 기특하게 하는구나. 그런데 그저 말 뿐이라면 그 말을 어찌 믿을 수 있겠느냐? 네가 말장난으로 나를 놀리는 것이라고 생각할 수밖에 없지 않겠느냐?"

팔라니아는 입술을 깨물었다. 그가 무엇을 원하는지 알

고 있기 때문이었다.

'저 망할 놈!'

그러나 여기서 그의 비위에 거슬린 행동을 했다간 당장 오늘로 한 많은 마생을 마감해야 할 수도 있었다. 페브리스의 포악한 성격상 그는 당장이라도 팔리아나를 때려죽인 후 그 몸을 우걱우걱 집어삼키고도 남았다.

"오호홋! 제가 어찌 말 뿐이겠어요?"

팔라니아는 최대한 요염하게 웃으며 아공간을 열었다. 그리고 그 안에서 그동안 모아 두었던 보물들을 몽땅 털어 내놓았다.

와르르르!

대부분 인근의 마물 숲에서 간혹 발견할 수 있는 다크 스톤이었다. 다크 스톤은 마기가 응축되어 있기에 마족이나 마물들이 소진된 마기를 회복할 때 유용했고, 마법의 위력을 강화시킬 수도 있었다.

아공간에 있다고 해서 일부는 몰래 숨겨 둘 수 있으리라 생각한다면 오산이다. 어떻게 눈치를 채는지 페브리스는 팔라니아가 모든 보물을 다 내놓을 때까지 그녀를 지독하게 괴롭히기 때문이다.

"흐음, 고작 그것뿐이냐?"

페브리스는 바닥에 쌓인 보물들을 보며 시큰둥한 표정을 지었다. 전 재산을 모두 쏟았는데 고작 그것뿐이냐니! 팔라니아는 울컥했지만 애써 웃었다.

"그게 전부예요. 아공간이 텅 비었다고요."

"너무 적다."

"죄송해요."

"흐흐! 죄송하긴. 부족한 건 몸으로 때우면 되는 거지."

페브리스가 음흉하게 웃으며 말했다. 그가 바로 이것을 노리고 트집을 잡는 것임을 팔라니아는 모르지 않았다. 어차피 늘 당하는 일이니 새삼스러울 것도 없지만.

'잠깐!'

그러던 그녀의 두 눈에 문득 이채가 일었다. 이 꼴 보기 싫은 상급 마족 녀석을 두 번 다시 보지 않을 수 있는 기막힌 방법이 떠올랐던 것이다. 그녀는 즉시 요염하게 몸을 꼬며 말했다.

"그러고 보니 깜빡 잊고 말을 안 한 게 있었네요."

"그게 무엇이냐?"

"다름이 아니라 제가 소마왕이 숨어 있는 장소를 발견했거든요."

순간 페브리스의 두 눈이 커졌다. 마족이라면 누구나 소마왕의 심장을 먹기 꿈꾼다. 그것은 상급 마족인 그 역시도 예외가 아니었다. 그로부터 잘하면 최상급 마족이 될 수 있는 힘을 얻을 수 있기 때문이다.

"너 지금 뭐라 했느냐?"

"소마왕이 숨어 있는 장소를 알아냈다고 했어요."

그러자 페브리스의 두 눈이 날카롭게 빛났다. 그는 의심스러운 눈초리로 팔라니아를 노려봤다.

"그게 사실이면 왜 네가 먹지 않고 남겨 두었느냐?"

"호호! 그야 페브리스님께 드리려고 아껴 둔 거죠. 저의 마음을 모르시나요?"

"큭! 말은 그럴듯하다만."

"그럼 따라오세요. 가서 확인하면 되잖아요."

"좋다. 만일 거짓이면 각오해라."

페브리스의 두 눈이 험상궂게 번뜩였다. 그의 눈빛에는 뭔가 석연치 않아 하는 기색이 있었지만, 이내 탐욕스러운 눈빛으로 바뀌었다. 곧바로 그는 팔라니아의 뒤를 따라갔다.

Chapter 9

마왕의 분신

'드디어!'

샤크는 환호했다. 그의 본신은 현재 루트 오브 다크니스에서 날개 상태로만 존재한다. 그러나 그것과 별개로 그는 마왕으로서의 분신을 만드는데 성공했다. 이는 마왕이라면 누구나 할 수 있는 능력으로, 루트 오브 다크니스가 흡수한 마기를 바탕으로 가능한 일이었다.

츳! 츠으읏!

번쩍! 번쩌쩍—

한동안 흑색의 소용돌이 속에서 푸른 뇌전 같은 빛이 번쩍였고 그것이 잠잠해지자 흑색의 구름이 흩어지며 아름다운 청년이 모습을 드러냈다.

 찬란한 은발에 은빛 날개!

 날개의 위력은 본신의 그것과는 비할 수 없지만 그에 버금갈 만한 강도를 가지고 있어 마왕의 윙 블레이드를 펼치는데 지장이 없었다.

 '후후, 분신이지만 전혀 불편하지 않군.'

 샤크는 흡족한 미소를 지으며 한 손을 슬쩍 흔들었다. 순간 주위로 흑색의 마법진이 생성되더니 그의 몸이 순식간에 사라졌다.

 스윽.

 샤크가 모습을 드러낸 건 초옥의 방안이었다. 루트 오브 다크니스에서 이 방으로 이동한 것이다.

 작지도 크지도 않은 적정한 크기의 방은 샤크가 루트 오브 다크니스를 만들면서 직접 꾸민 것이었다.

 작은 책상 하나가 방의 한쪽에 놓여 있었고, 그 옆으로 빈 서가가 세워져 있었다. 이는 전생에 그가 살던 방과 동일했다. 다른 것이 있다면 그때는 서가에 책이 가득 채워져 있었고, 책상 위에도 지필묵이 존재하고 있었다는 것!

 '그래도 마치 전생의 그때로 돌아간 기분이라 나쁘지는

않구나.'

 생각해 보니 그렇게 못살 것도 없지 않은가. 샤크는 마궁을 꼭 음침한 성의 형태로 만들고 싶지 않았다. 지금과 같은 모습에서 어떤 식으로든 방어 능력만 높이면 되는 것 아닌가?

 '일단 불청객이 온 것 같으니 그것부터 해결해볼까?'

 샤크는 상급 마족으로 추정되는 존재가 울타리 지척에 이르렀음을 감지했다. 그 상급 마족 옆에는 아까 이곳에 침입했다가 달아난 서큐버스 마족도 있었다.

 그들이 무슨 목적으로 자신을 찾아왔는지 모를 리 없지만, 샤크의 표정에는 그 어떤 분노의 기색도 찾아 볼 수 없었다. 오히려 의미심장한 미소가 맺혀 있었으니.

 '수족이 되겠다고 스스로 찾아와 주니 나로서는 고마울 뿐이지.'

 루트 오브 다크니스를 만들고 보니 휘하에 마족 권속이 있는 것이 얼마나 유용한지를 하급 마족 르부스를 보면서 알게 된 샤크였다. 그는 자신을 소마왕으로 오인해 심장을 먹겠다고 찾아온 마족들을 해치우기보다는, 충성스러운 권속으로 만들겠다는 생각이었다.

쾅쾅! 우지직!

한편 상급 마족 페브리스는 울타리의 대나무를 모조리 뽑아내며 난장판을 만들어 버렸다. 그러고는 위세 등등하게 안으로 들어섰다.

"크크크! 이거 봐라? 정말로 소마왕이 이곳에 있었군."

그는 팔라니아의 말을 들을 때만 해도 이곳에 소마왕이 있으리라고는 믿지 않았다. 그러나 루트 오브 다크니스가 가진 미약한 마기를 느끼자 비로소 그 생각이 바뀌었다.

루트 오브 다크니스는 소마왕을 포함한 마왕들만이 만들 수 있다. 그리고 그것이 생겨난 자리에는 마궁이 만들어진다. 그런데 이곳은 마궁이라 할 수 없이 초라한 집 한 채에 울타리가 다였으니! 이를 어찌 강력한 마왕의 궁전이라 할 수 있겠는가. 당연히 소마왕의 루트 오브 다크니스가 아니겠는가.

"크크! 소마왕의 심장은 내 것이다."

그는 성큼성큼 걸어 초옥 앞으로 걸어갔다. 그런데 아까 팔라니아의 때와는 달리 르부스는 잠자코 그 자리에 서 있을 뿐이었다. 스톤 골렘을 비롯한 마물들 역시 마찬가지였다.

페브리스는 그것이 이상했지만 크게 신경 쓰지 않았다.

솔직히 이상할 것도 없었다. 상급 마족인 자신을 향해 하찮은 하급 마족이나 마물들 따위가 덤벼들 생각을 하는 것이 오히려 이상한 것이다.

그런데 그가 어찌 짐작이나 할 수 있을까? 르부스 등은 페브리스가 두려워서 가만있는 것이 아니라 샤크가 자신이 알아서 할 테니 구경이나 하라고 뜻을 전했기 때문이라는 것을.

특히 르부스는 드디어 자신의 로드인 샤크의 모습을 볼 수 있다는 생각에 가슴이 설레었다.

'흐흐! 마왕께서 잠에서 깨셨다. 너희들은 이제 다 죽었다.'

평소 같으면 감히 쳐다보지도 못할 상급 마족이다. 그들과는 눈만 잘못 마주쳐도 죽지 않을 만큼 얻어터지는 것은 물론이요, 가진 모든 것을 다 빼앗기게 된다. 그래도 분해하기는커녕 목숨은 살려줬다는 것에 고마워해야 했으니, 그것이 하급 마족의 운명이요 서러움이었다.

그러나 그는 이제 당당히 그들을 노려볼 수 있었다. 개도 주인 봐가면서 때리라고 했듯이 마족도 마왕 봐가면서 때려야 한다. 마왕이 바로 뒤에 있다. 드디어 그가 잠에서 깨어났으니, 르부스는 중급 마족이든 상급 마족이든 두려울 것이 없었다.

그때 페브리스는 초옥의 바로 앞에 서서 인상을 찡그렸다. 문의 크기는 2로빗이 약간 넘는 터라 4로빗이 넘는 키를 가진 그가 들어가려면 여간 불편한 것이 아니었다.

그럴 바에는 그냥 박살을 내버리는 게 나을 것이다. 초옥은 오우거의 덩치를 가진 그가 한 대 후려치면 그냥 무너져 내릴 만큼 약해 보였으니까.

콰앙!

망설일 이유가 있겠는가. 곧바로 그는 문을 후려갈겼다. 슬쩍 휘두른 주먹이지만 능히 거대한 바위라도 박살 낼 만큼 강력한 위력이 실렸다. 그러나 이상하게도 문은 꿈쩍도 하지 않았다. 페브리스는 신경질적으로 다시 주먹을 휘둘렀다.

콰앙!

그러나 여전히 소리만 요란하게 들리고 문은 그대로였다. 페브리스는 우스운 꼴이 되고 말았다. 모두들 아마 대놓고 웃지는 못하지만 속으로 키득거리고 있을 것이 분명했다.

'엥? 이게 어찌 된 일?'

페브리스는 다시 주먹을 말아 쥐었다. 흥분한 기분에 그는 작정하고 마기를 최대로 끌어올린 후 주먹을 휘둘렀다.

쒸이익—

상급 마족인 페브리스가 전력을 다한 터라, 이번에는 드래곤이라 해도 맞으면 무사하지 못할 만큼 강력한 위력이 실렸다.

콰아아앙!

마치 폭음과 같은 굉음이 사방으로 울려 퍼졌다. 그 소리가 얼마나 가공한 지, 멀리서 지켜보던 마물들이 일제히 그 자리에서 엎드러졌고 마족인 르부스와 팔라니아도 흠칫 놀라 몸을 떨 정도였다.

그러나 상황은 마찬가지였다. 웬만한 하급 마물이 가서 툭 하고 밀어도 부서질 것처럼 약해 보이는 문이 여전히 그 상태 그대로 멀쩡히 존재하고 있었으니!

'이런! 이건 말도 안 된다…….'

페브리스는 망연자실한 표정으로 서 있었다.

덜컹!

그때 문이 열리는 소리가 들렸다. 찬란한 은발을 흩날리는 미청년이 모습을 드러냈다.

스으으으—

청년의 몸은 나체 상태였는데 그의 몸 주위로 짙은 은빛의 오러 같은 것이 둘러싸고 있어 마치 신비한 은색의 갑주를 장착한 것 같은 착각이 들었다.

그러나 지금은 그게 문제가 아니었다. 앞의 청년이 은색의 갑주를 입었든, 아니면 나체 상태로 있든 그게 페브리스에게 뭐가 중요한 일이겠는가.

그보다 중요한 것은 그 청년의 정체였다. 그때까지 이 집안에 소마왕이 있을 것이라 확신하고 있던 페브리스는 그 청년의 삭막한 눈빛을 본 순간 모든 것이 잘못되었음을 깨달았다.

'흐어억!'

단지 눈빛만으로 상급 마족인 그를 이토록 얼어붙게 만드는 존재가 누가 있을까?

그 뿐이 아니다. 그로부터 뿜어져 나오는 기세는 가히 미증유!

그것은 절대 상급 마족인 페브리스가 감당할 수 없는 기세였다. 특별한 보양식의 일종에 불과한 소마왕 따위로는 절대 낼 수 없는 가공할 만한 기세!

그의 마생에서 가장 두려워할 만한 존재들이었던 최상급 마족들도 지금 이 청년의 기세에 비하면 아무것도 아니었다.

그렇다면 이 청년은 대체 누구이겠는가? 페브리스는 그의 정체를 짐작한 즉시 정신이 아득해지고 말았다.

마왕!

그렇다. 그의 긴 마생에서 단 한 번도 조우한 적 없던 마왕이 눈앞에 서 있는 것이었다.

소마왕이 아닌 진정한 마왕!

방대한 환야의 세계에서 최강 포식자적인 위치에 있는 절대자! 마족들로서는 하늘과 같은 존재인 마왕이 분명했다.

그는 그런 절대적 존재에게 무례를 범한 것이다. 무례 정도가 아니라 죽을 짓을 했다고 봐야했다. 마왕의 처소를 박살 내려 했으니 말이다.

'마, 망할 년! 진짜 마왕도 몰라보다니.'

페브리스는 이곳에 소마왕이 있다고 자신을 꼬드긴 팔라니아를 찢어죽이고 싶은 심정이었다. 그러나 지금은 그녀를 원망하고 있을 만큼 한가한 때가 아니었다. 여차하면 질기게 살아온 그의 마생이 오늘로 끝장날 상황이었으니까.

페브리스는 재빨리 엎드려져 빌기로 했다. 당신이 마왕인 걸 모르고 한 행동이니 제발 용서해달라고! 앞으로 당신의 영원한 노예가 되어 충성을 바치겠다고! 그렇게 하면 혹시라도 마왕이 용서를 해 주지 않을까 하는 기대에서였다.

퍼억!

그러나 그가 엎드려 빌기도 전에 섬뜩한 격타음이 들리더니 그의 거대한 몸체가 뒤로 붕 날아갔다.

콰당!

바닥에 나동그라지는 그의 몸체 위로 청년이 번개처럼 날아 내리며 그를 짓밟았다.

콰직! 콱!

"쿠어어억! 쿠어억!"

그때부터 시작이었다. 저 무식한 마물이나 마족들로서도 한 번 본 적 없는 가공할 구타! 샤크의 백룡구타술이 빛을 발하는 순간이었다.

퍽! 퍽! 퍽!

와지직! 으직! 으드드득!

"쿠어억! 크아아아악!"

상급 마족 페브리스가 샤크에게 맞기 시작한 뒤 얼마의 시간이 흘렀는지 모른다. 그러나 샤크의 구타는 끝이 없었다. 모두들 경직된 자세로 두려움에 떨며 그 장면을 지켜봤다.

'으으! 역시 마, 마왕이군.'

르부스는 자신의 로드인 샤크가 실로 강력한 힘을 가진 마왕인 것을 직접 눈으로 확인했을 때는 날아갈 듯이 기뻤다. 그러나 상급 마족 페브리스를 만신창이로 만들어 놓는 섬뜩한 구타의 장면 앞에서는 두려워 떨 수밖에 없었다.

모두들 작은 숨소리조차 내지 않았다. 혹시라도 소리를 냈다가 불똥이 자신에게 튀지 않을까 걱정되어서였다.

고요.

갑자기 정적이 흘렀다. 그것은 샤크가 일순 구타를 멈추면서 일어난 현상이었다. 샤크는 삭막하기 그지없는 눈빛으로 아래를 내려다 봤다. 그곳에는 만신창이가 되어 있는 페브리스가 굼벵이처럼 꿈틀거리며 꼴사납게 널브러져 있었다.

"조금 전 문을 두들긴 녀석이 너냐?"

샤크가 질문을 하고 있었다. 페브리스는 움찔했다. 당연히 그가 한 일임을 알면서도 또 묻다니. 그러나 그는 이 순간 대답을 하지 않으면 정말 맞아죽을지도 모른다는 본능적인 두려움을 느끼고 힘겹게 입을 열었다.

"예. 부…… 부디 용서를……."

그러자 샤크의 인상이 더욱 험악해 졌다. 그는 차갑기 이를 데 없는 눈빛으로 페브리스를 노려보며 말했다.

"조금 전 너는 감히 나의 집 안에 무단으로 침입한 벌을 받았다."

샤크는 주먹을 두둑거리며 걸어왔다.

"이제 방문을 두들긴 벌을 받아야겠지?"

그렇게 때리고도 또 때리겠다고? 아무리 마왕이라 하지만 이건 좀 너무한 것 아닌가? 페브리스는 몸부림쳤다.

"크, 크어어! 사, 살려…… 쿠아아악!"

구타는 잠시 멈춰졌던 것뿐이지 끝난 것이 아니었다. 페브리스는 아까 맞았던 만큼 또 맞아야 했다. 그 시간은 결코 짧지 않아 르부스를 비롯한 마물들의 다리가 풀릴 지경이었다.

멀리 울타리 바깥에서 그것을 지켜보고 있는 중급 마족 팔라니아도 마찬가지. 본래 그녀는 샤크가 진짜 마왕인 것을 확인한 순간 깜짝 놀랐지만, 이내 회심의 미소를 지으며 달아나려고 했다.

마왕이 페브리스를 가만두지 않을 것을 생각하자 속으로 신이 나 있기도 했다. 이제 두 번 다시 페브리스에게 괴롭힘을 당하지 않아도 될 테니 말이다.

그러나 그녀가 고개도 돌리기 전에 귓전을 울리는 섬뜩한 음성이 있었으니.

―그대로 있어라. 조금이라도 움직이면 너는 죽는다.

그 음성의 주인은 물론 마왕 샤크였다. 그 즉시 팔라니아의 움직임은 멎었다. 조금이라도 움직일 경우 죽인다는 그 말에 그녀는 스스로에게 석화 마법을 걸어 조금의 미동도 없게 만들어야 했다.

그 상태로 그녀는, 오랜 세월 그녀에게 공포의 존재였던 상급 마족 페브리스가 마왕 앞에서 얼마나 무력한 존재인지를 제대로 확인할 수 있었다. 그것은 한편으로 무척 통쾌한 일이기도 했지만, 자칫 저 끔찍한 구타가 자신에게도 이어질 수 있다는 두려움이 일자 정신이 아득해질 지경이었다.

고요.

이곳에 있는 마물들이나 마족들이 그들의 마생에서 단 한 번도 본 적 없는 가공할 만한 구타가 두 차례 지나갔다. 그리고 다시 정적이 흘렀다.

그 사이 페브리스는 만신창이가 되다 못해 형체를 알기 힘든 고깃덩이로 변해 있었다. 아무리 마왕이라 한들 해도 너무한다 싶을 정도였다. 그런데 그때 샤크가 다시 싸늘히 물었으니.

"울타리를 부순 놈이 누구냐?"

"……!"

무려 두 차례나 되는 끔찍한 벌을 받은 페브리스는 이미 제정신이 아니었다. 그래도 그는 이제 이만하면 맞을 만큼 맞았으니 설마 더 이상의 매질은 없을 것이라 생각하며 내심 안도하고 있었던 것이다.

그런데 샤크가 울타리를 부순 놈이 누구냐고 묻는 순간 그의 얼굴은 말할 수 없이 처연한 표정으로 바뀌고 말았다. 멀리서 지켜보던 팔라니아도 그 순간만은 페브리스가 참 불쌍하다고 느껴질 정도였다.

"울타리를 부순 놈이 누구냐고 물었다."

샤크의 언성이 높아졌다. 그러나 페브리스는 아무 말도 하지 않았다. 말을 하는 순간 죽도록 맞을 것이 뻔하니, 차라리 입을 닫기로 했던 것이다. 아무 말도 하지 않고 있으면 혹시라도 샤크가 그냥 넘어갈 지도 모른다는 기대감도 없지 않았다.

"그렇지. 너희들은 알고 있겠구나. 누가 울타리를 박살 냈는 지 말이야."

샤크가 구석에서 겁먹은 표정으로 서 있는 스몰 슬라임들을 향해 물었다. 그러자 슬라임들이 고개를 끄덕이더니 일제히 손을 뻗어 페브리스를 가리켰다.

"역시 네 녀석이었군."

"크허헉! 요, 용서를……."

페브리스는 상황이 또 이렇게 흘러갈 줄은 몰랐던 터라 기겁했다.

"그런데도 입을 다물고 자백하지 않았다는 건 전혀 뉘우치지 않고 있다는 뜻이겠지."

"뉘, 뉘우치고 있습니다. 크흑! 제가 왜 그런 짓을 했는지 모르겠습니다."

페브리스는 다급하게 외쳤다.

'크어어! 여기서 또 맞으면 나는 죽는다.'

그가 아무리 불가사의한 육체를 지닌 마족이라 한들 마왕의 구타 앞에서 버틸 수 있겠는가. 그는 거의 한계치에 다다라 있었다. 정말로 단 한 대 만 더 맞아도 그의 마생은 마감되고 그의 육체는 환야의 먼지가 되어 흩어져 버릴 지도 모른다.

"기회를 주시면 제가 가진 모든 것을 털어서 강력한 울타리를 만들겠습니다."

그 말과 함께 그는 아공간에 쌓여 있던 막대한 다크 스톤들을 꺼내놓았다. 그것은 그가 그동안 하급이나 중급 마족들에게 약탈한 것들로 가히 집채만큼 쌓여 있었다.

'흠.'

사실 샤크는 짐짓 험악한 분위기를 조성했을 뿐 더 이상 페브리스를 구타할 생각은 없었다. 백룡구타술의 목적은 선도(善導)에 있는 것이지, 단순히 화풀이나 하자고 하는 것은 아니다.

물론 마족을 선도한다는 말이 다소 이상하긴 하지만, 상급 마족으로서 온갖 나쁜 짓만 일삼던 페브리스에게 마왕인 자신에 대한 두려움을 심어줌과 동시에, 다른 마족이나 마물들에게도 경각심을 심어주려는 목적이었다.

일벌백계(一罰百戒)!

물론 굳이 이런 공포스러운 분위기를 조장하지 않아도 마족이나 마물들은 마왕의 권위아래 알아서 복종하겠지만, 그렇다 해도 이런 경고는 필요했다.

단순한 복종은 의미가 없다. 알아서 척척 해야 한다. 그것이 바로 백룡구타술이 진정으로 지향하는 바라 할 수 있었다.

이를테면 페브리스가 자신의 보물들을 털어 울타리를 새로 만들겠다고 한 것이 바로 그런 것들 중 하나 아니겠는가.

다크 스톤은 차원석에 비해서는 하찮은 돌멩이에 불과

하지만 마기가 제법 응축되어 있어 마족이나 마물들에게는 꽤나 유용한 물건이다. 그것들을 활용해 울타리를 재건한다면 제법 강력한 방어 능력을 갖추게 될 것이다.

"너의 뜻이 그렇다면 어디 두고 보도록 하지."

샤크는 당연히 사양하지 않았다. 울타리를 부순 놈이 다시 울타리를 지어야 할 것은 당연한 사실이니까.

그런데 그때 페브리스가 샤크의 눈치를 힐끔 보며 조심스레 말했다.

"마왕이시여! 제가 울타리를 부수기 전에 울타리가 일부 부서져 있었습니다."

페브리스는 울타리 밖에서 석화 상태로 이곳을 바라보고 있는 팔라니아를 가리켰다.

"그건 저보다 앞서 이곳에 왔던 저 앙칼진 년의 짓이 분명합니다."

페브리스는 속으로 팔라니아에게 이를 갈고 있는 터였다. 그녀가 소마왕이 어쩌고 하면서 그를 꼬드기지 않았다면 지금처럼 맞을 일도 없었을 테니 말이다.

"그랬단 말이군. 정말인지 아는 방법이 있지."

샤크가 고개를 돌려 슬라임들을 쳐다봤다. 그러자 슬라임들이 일제히 고개를 끄덕였다. 곧바로 샤크의 삭막한 눈빛이 팔라니아를 향했다.

"나의 울타리를 부순 것이 사실이냐?"

순간 팔라니아는 석화를 풀고 눈물을 주룩 흘리며 그대로 엎드렸다.

"위대한 마왕이시여! 부디 저를 한 번 만 용서해 주소서. 당신의 권속이 되어 영원한 충성을 하겠사옵니다."

"용서는 하겠다. 그러나 용서와 맞는 건 별개지."

샤크는 섬뜩하기 이를 데 없는 눈빛으로 팔라니아를 노려보며 손가락을 까닥했다. 가까이 오라는 뜻.

'흐윽! 주, 죽었구나.'

마왕이 부르는데 도망갈 수도 없는 상황. 팔라니아는 꼼짝없이 샤크를 향해 가까이 가야 했다. 용서와 맞는 건 별개라고 한만큼, 그녀는 감히 마왕의 울타리를 부순 죄로 죽도록 맞게 될 것이 틀림없었다.

그러나 막상 그녀가 가까이 다가오자 샤크는 전혀 뜻밖의 말을 했다.

"본래라면 당연히 맞아야 하겠지만 네가 나의 권속이 되겠다고 자발적으로 말을 하니 특별히 이번은 넘어가도록 하지. 그러나 이후로 나를 실망시키거나 한다면 그때는 오늘 일도 모두 포함해 징계를 내릴 것이다."

"아."

팔라니아는 잘못 들었나 싶었다. 그녀는 즉시 엎드려져 외쳤다.

"마왕이시여! 당신께 영원한 충성을 맹세합니다."

동시에 그녀 역시 르부스처럼 자신이 샤크를 배신할 경우 어둠의 저주에 의해 마물의 먹잇감이 되어 사라질 것이라며 스스로 맹약의 저주를 걸었다.

샤크는 기특하다는 생각에 부드러운 표정으로 고개를 끄덕여 주었다.

"좋아. 앞으로 지켜보도록 하마."

그렇게 샤크가 순순히 팔라니아를 권속으로 받아주는 모습을 보자 페브리스는 분통이 터져 미칠 지경이었다.

'크으! 나도 진작 권속이 되겠다고 말할 것을.'

팔라니아가 만일 권속이 되겠다는 말을 하지 않았다면 분명 샤크에게 죽도록 맞았을 것이다. 그러나 그녀는 눈치 빠르게 권속이 되겠다며 아양을 떨었고 그 덕분에 샤크의 분노로부터 자유롭게 된 것이다.

"마왕이시여! 부디 저도 권속으로 받아주십시오. 당신께 영원한 충성을 맹세하며 제가 배신을 할 경우 저의 몸은 마물들이 뜯어먹을 것입니다."

페브리스도 늦을세라 샤크에게 충성의 맹약을 했다. 샤크의 입가에 미소가 맺혔다.

"너의 뜻이 그렇다면 받아 주도록 하겠다."

"헤헤! 감사하옵니다, 로드."

자신을 험악스럽게 노려보던 샤크의 표정이 눈에 띄게 부드러워지는 것을 보고 페브리스는 안도했다.

그러나 사실 그는 모르고 있지만, 샤크는 페브리스가 권속이 되겠다며 사정을 했어도 당연히 손을 봐 줬을 것이다. 일벌백계를 위해서다. 아마 억지 트집을 잡아서라도 그를 작신작신 어루만져주었으리라.

Chapter 10
블러디 스톤

샤크의 분신이 완성된 이후부터는 감히 그의 거처로 몰려드는 마물이나 마족은 없었다. 그것은 샤크가 마왕으로서의 기세를 드러내서라기보다는 새로 그의 권속이 된 마족들 때문이었다.

사실 샤크의 루트 오브 다크니스는 여전히 미약한 마기만 발산하고 있고, 분신 또한 스스로의 기운을 드러내지 않을 수 있는 능력을 가지고 있기에, 여전히 이곳으로 마물이나 뜨내기 마족들이 몰려올 가능성이 높았다.

그러나 상급 마족 페브리스와 중급 마족 팔라니아가 발

하는 기세는 마물들을 겁주기 충분했다. 특히 페브리스는 샤크가 나타나기 전 인근 수십여 개 마물 숲의 최강 포식자와 같은 존재였고, 팔라니아 역시 페브리스 만큼은 아니어도 성격이 포악하기로 유명한 마족이었다.

"울타리를 완성했습니다, 로드."

"수고했다."

그 사이 페브리스는 그가 말한 대로 다크 스톤들을 활용해 울타리를 재건했다. 샤크는 본래의 대나무 울타리를 그대로 복원하되 그것들의 방어력을 높이라 지시했기에, 겉으로 보면 이전과 별반 달라진 것이 없어 보였다.

그러나 각각의 대나무마다 다크 스톤이 몇 개씩 박혀 있으며 온갖 마법 함정들이 배치되어 있는 터라 설령 상급 마족이라 해도 울타리를 뚫고 들어오기란 불가능에 가까웠다. 최소한 최상급 마족 정도는 되어야 울타리의 방어 능력을 무력화시키고 들어올 수 있을 것이다.

물론 대규모 마물 군단이 병진을 갖추고 공격해 들어온다면 아무리 다크 스톤의 능력이 깃들어진 울타리라 해도 그 한계를 드러낼 수밖에 없지만, 그런 일이 벌어질 가능성은 크지 않았다. 근처에 새로운 마왕이 등장한다면 모를까 말이다.

혹은 용자나 그의 부하들이 이곳을 발견하고 공격해 올 가능성도 있을 수 있다. 물론 그것은 마왕의 마물 군단이 공격해오는 것보다 훨씬 희박한 경우일 것이다.

그러나 샤크는 그러한 희박한 상황에 대한 대비를 소홀히 할 생각이 없었다. 그리고 그에 관한 영역은 부하 마족들이 감당할 수 없는 부분이기에 샤크가 직접 관심을 기울여야 했다.

'마왕이건 용자건 나를 건드리는 녀석은 누구도 가만두지 않는다.'

지금 현재 그의 분신이 가진 전투력은 그가 생각할 때 대략 용자 르티아를 간신히 제압할 수 있는 정도. 수많은 용자들과 마왕들을 두려움에 떨게 만드는, 한쪽에서는 절대용자라 칭송할 정도인 그를 제압할 수 있다는 건 실로 대단한 능력일 것이다.

그러나 샤크에게는 그야말로 별것 아닌 수준일 뿐이다. 르티아 따위는 비교할 수도 없을 만큼 강한 존재들! 스스로 불멸자라 칭하는 일루전 족들을 상대하기 위해서는 지금 분신의 수준으로는 어림도 없기 때문이다.

물론 이미 만상차원심법을 터득한 그가 작정하면 다소 무리일지라도 분신의 몸으로 차원력의 힘을 일부나마 사용은 가능했다.

'차원력을 활용하면 울타리에 결계를 만들어 설령 마왕이나 용자들이라 해도 들어오지 못하게 만들 수도 있다. 하지만 그 경우 자칫 그들이 나의 존재를 눈치챌 수 있으니 자제하는 것이 좋을 것이다.'

그들은 다름 아닌 일루전 족! 그때 이후로 샤크는 그들과 사실상 적이 된 것이나 마찬가지이니까.

그들은 분명 혼돈의 차원 폭풍 속에서 샤크가 죽었다 확신하고 있을 텐데, 만일 샤크가 멀쩡히 살아 있다는 것을 알게 되면 수단과 방법을 가리지 않고 그를 죽이려 할 가능성이 높았다.

그래서 샤크는 차원력의 사용을 자제하기로 한 것이었다. 일루전 족들은 차원력에 매우 민감하다. 물론 샤크가 차원력을 한두 번 사용한다 해서 즉각 그들의 감시망에 걸려들지는 않겠지만, 그래도 혹시 모르는 것이다.

이대로 조용히 있으면 그들은 샤크가 죽은 줄 알 것이며 샤크의 존재를 잊어버릴 것이다. 당시 혼돈의 차원 폭풍의 여파로 일루전 족의 하나인 파멸의 입도 죽었을 가능성이 높은데, 샤크가 거기서 살아났으리라고 그들은 상상도 못하리라.

'본신이 모든 능력을 회복하기 전까지, 아니 이전보다 더 높은 경지에 이르기 전까지는, 나는 보통의 마왕으로서 살아가야 한다.'

마왕인 그가 보통의 마왕으로서 살아간다는 말이 다소 우습긴 하지만, 그동안 샤크는 마왕이라기보다는 방관자적인 모습을 유지하자 생각했다. 보통의 마왕처럼 보이려면 마족들이 질릴 만큼 마기를 뿜어내야 한다.

샤크가 가진 무극지기는 마기의 형태로 얼마든지 변환이 가능했다. 따라서 샤크는 이후로 자신의 능력을 드러낼 때는 강력한 마기를 뿜어낼 생각이었다.

'그래. 혹시 모르니 샤크 테사우루스라는 이름도 사용하지 않는 게 좋겠군.'

외모야 굳이 바꿀 것 없을 것이다. 이 방대한 환야의 세계에 은발과 은빛 날개를 가진 마왕이 어디 한둘이겠는가. 그러나 이름은 다르다. 샤크는 즉시 권속들에게 자신의 이름을 이후로 '테사'라고 부르라 명했다.

마왕 테사!

갑자기 왜 샤크가 아닌 테사라 부르라고 하는지 이상할 법도 하건만 모두들 그 어떤 의문도 품지 않았다. 마물들이야 무조건 까라면 까는 단순한 존재들이라지만, 마족들조차 의문을 품지 않는다는 것은 특이했다.

그러나 페브리스 등은 그냥 그러려니 했다. 샤크의 변덕스럽고 괴팍한 성격을 이미 짐작하고 있기 때문이었다. 그들은 설령 매일 샤크가 다른 이름을 사용하겠다고 해도 군말 없이 그에 따를 것이다.

한편 그 사이에도 하급 마족 르부스는 마물들을 번식시키느라 여념이 없었다.

어느새 다크 슬라임들은 스몰 슬라임들을 포함해 수백 여 마리로 늘어났다. 또한 팔라니아가 데리고 있던 맨티코어들의 숫자도 스몰 맨티코어들을 포함하면 백여 마리가 된 상태였다.

그런데 문제가 생겼으니!

번식으로 태어난 스몰 슬라임들이나 맨티코어들이 제대로 된 전력이 되기 위해서는 적어도 중급 마물이 되어야 하는데, 그것을 위해서는 최하급 마식물이나 곤충 마물들을 잡아먹어야 하는 것이다.

그러나 현재 샤크의 집 뒤뜰에 존재하는 마물 숲에서 나는 것들로는 그 많은 마물들의 식량을 충당하기란 불가능했다.

"이대로라면 번식이 의미가 없다. 이러다 이곳에 최하급 마물들만 우글거리겠어."

샤크가 말하자 페브리스가 기다렸다는 듯 눈을 빛내며 말했다.

"로드께서 허락해 주시면 제가 마물 숲에 가서 식량이 될 마물들을 잔뜩 잡아오겠습니다."

"좋은 생각이군. 지원 병력은 필요 없느냐?"

"흐흐! 팔라니아와 중급 맨티코어 부대를 지원해 주시면 저 혼자 가는 것보다 많은 식량 마물들을 잡아올 수 있을 것입니다."

"그건 안 돼요!"

페브리스의 말에 팔라니아가 펄쩍 뛰었다. 그녀는 페브리스가 자신을 데려가려는 이유가 무엇인지 잘 알고 있었던 것이다.

'틀림없어. 로드가 없는 곳에서 나를 괴롭히려는 거야.'

팔라니아는 재빨리 샤크에게 말했다.

"로드! 고작 식량 마물들을 채취하는데 마족들이 몰려다니는 건 우스운 일이죠. 페브리스님과 저는 각각 다른 마물 숲으로 가서 채취해 오는 것이 좋겠어요."

"그것도 괜찮은 생각이군."

샤크는 팔라니아의 의견에 손을 들어 주었다. 그로 인해 페브리스와 팔라니아는 각각 다른 마물 숲을 향해 출발해야 했다. 그 두 숲은 정 반대 방향이었던 지라 페브리스는 아쉬운 듯 입맛을 다시며 떠났다.

"크흐! 잔머리 하나는 끝내주는구나! 어디 두고 보자. 어차피 로드의 권속이 된 이상 네년은 언제고 한 번 내게 제대로 걸릴 날이 올 것이다. 으득! 그때를 기대하도록 하지."

그는 떠나기 전 팔라니아에게 협박하는 것을 잊지 않았다. 팔라니아는 그의 협박에 움찔했지만, 코웃음을 치며 떠났다. 예전이라면 모를까 이제는 순순히 당하고 있을 생각이 없었기 때문이다.

'흥! 내가 더 많은 식량 마물들을 채취해오면 로드께서 날 더 신임하실 거야. 그렇게 되면 페브리스 놈이 날 함부로 하지 못하겠지.'

서큐버스 마족의 특성상 뇌쇄적인 마력이 넘치는 그녀다. 마왕인 샤크의 애첩이 될 수 있다면 이 안에서 그녀를 핍박할 만한 존재는 없을 것이다. 그래서 은근히 샤크를 유혹해 보았지만 소용없었다.

그녀의 눈부신 외모에도 불구하고 샤크는 그녀에게 아무런 관심도 갖지 않았다. 오히려 그 앞에서 요염한 마기를 발산했다가 섬뜩한 경고를 들었을 뿐이다. 한 번 만 더 그따위

빌어먹을 짓을 했다가는 죽도록 맞을 것이라는 경고 말이다.

팔라니아는 맞고 싶지 않았다. 샤크에게 맞는다는 것이 어떤 끔찍한 지경이 되는지 페브리스의 꼴을 보고 아주 잘 알고 있기 때문이다. 그 후로 그녀는 샤크의 앞에서는 요기(妖氣)를 최대한 감추고 요조숙녀처럼 행동했다.

그리고 결국 다른 방법으로 샤크의 신임을 얻기로 했던 것이다. 이번이 좋은 기회였다.

그녀는 식량 마물보다는 차라리 다크 스톤을 잔뜩 채취해 올 생각이었다. 다크 스톤이 잔뜩 나는 마광산(魔鑛山)의 위치를 알고 있었으니까.

'그동안 페브리스 놈에게 빼앗길까 봐 다크 스톤들을 조금씩만 가지고 다녔는데 이번에 잔뜩 들고 와도 되겠어.'

그녀는 맨티코어 십여 마리를 이끌고 떠났다. 한참을 달렸을까? 그녀는 목표한 마물 숲을 지나 그녀만 알고 있는 비밀스러운 장소에 도착했다.

마광산.

언뜻 보기엔 그저 황량한 황무지만 펼쳐져 있지만, 이곳의 지하에 수많은 다크 스톤들이 매장되어 있을 줄 누가 알겠는가.

이곳은 팔라니아가 얼마 전 땅의 정령들과 전투를 벌이다 우연히 발견한 곳이었다. 마족들이라면 누구나 환호할 법한 보물 광산이 바로 이곳인 것이다.

다크 스톤은 마기를 내부로 응축하고 있기에 우연히 그것을 발견하기 전까지는 근처에 그것이 있는지 전혀 알지 못한다. 설령 마왕이 마광산 위를 지나간다 해도, 이 안으로 내려오지 않는다면 이곳에 마광산이 있다는 사실을 알기 힘들었다.

"흐히히!"

"이히히힛!"

마광산의 입구로 들어서자 머디스라 불리는 마물들이 우글거리고 있었다. 슬라임과 다를 바 없는 하급 마물이지만, 이것들은 매우 위험한 존재였다. 하급 마물이라고 만만히 여겨 그것들을 잡아먹었다간 한동안 체내의 마기가 흩어져 버리는 섬뜩한 체험을 하게 되기 때문이다.

그러나 이것들은 그것 외에는 아무런 위협이 되지 못했다. 그것들도 하급 마물인 이상 마족이 나타나면 두려워하며 달아나기 바빴으니까.

그렇다 해도 머디스들이 우글거리는 이곳은 다른 마물들

이나 마족들에게 꺼림칙한 장소가 될 수밖에 없었다. 그래서 우연히 이 던전의 입구를 발견했다 해도 이 안에 꼴 보기 싫은 머디스들만 잔뜩 있을 것이라고 생각하지, 설마 마광산이 존재할 것이라고는 상상도 못 할 것이다.

'하긴 나도 그 괘씸한 땅의 정령들이 아니었으면 이 안에 다크 스톤들이 잔뜩 있다는 사실을 알지 못했을 거야.'

당시 이 근처를 지나던 팔라니아는 차원력의 이상 기후가 나타나자 피할 곳을 찾다가 이곳에 던전이 존재함을 알게 되었다.

그때까지만 해도 그녀는 차원력의 이상 기후가 사라질 때까지만 잠시 쉬다가 떠날 생각이었지, 던전을 탐사하겠다는 생각은 하지 않았다. 던전 입구에 득실거리는 머디스를 보고는 던전에 그 어떤 호기심도 생기지 않았기 때문이었다.

문제는 그때 건장하고 우람한 근육질을 가진 땅의 정령들이 던전 안에서 나오다 팔라니아를 발견하고 수작을 걸면서 발생했다.

서큐버스인 팔라니아는 그저 숨을 쉬기만 해도 뇌쇄적인 색기(色氣)를 발산하는 터라, 땅의 정령들이 그녀의 육체를 탐내는 것도 그리 특이한 일은 아니었다. 그녀 역시 음욕이 넘쳤기에 그런 식으로 수작을 걸어오는 이들 중 마음에 드는 이가 있으면 얼마든지 응해 주는 편이었다.

그러나 지저분한 머디스들이 우글거리는 곳에서 나타난 땅의 정령들이 그녀의 마음에 들 리가 있겠는가? 그녀는 당장 꺼지지 않으면 죽여 버리겠다 말하며 그것들을 쫓아 버렸다.

그러자 자존심이 상한 땅의 정령들이 동료 정령들을 이끌고 나타나 팔라니아를 공격했다. 대부분 중급이나 하급 정령들이었지만, 그중에 상급 땅의 정령이 하나 포함되어 있었기에 팔라니아는 그것들과 싸워 이기는데 상당히 고전해야 했다.

그래도 결국 그녀의 승리였다. 감히 중급 서큐버스 마족을 건드린 대가로 이 던전의 주인들이었던 땅의 정령들은 모조리 환야의 먼지가 되어 사라지고 말았던 것이다.

땅의 정령들과의 전투에서 승리하자 이 던전은 자연스레 그녀의 차지가 되었다. 이미 전투 와중에 던전 안 깊숙한 곳까지 들어가 정령들을 학살한 그녀였기에, 이곳에서 자연적으로 다크 스톤들이 생겨난다는 사실을 알았다.

다크 스톤의 채광은 곡괭이로 던전을 파서 이루어지는 것이 아니었다. 마치 새벽에 이슬이 맺히듯 일정 시간이 되면 다크 스톤들이 던전 곳곳에 생겨난다. 그걸 줍기만 하면 되는 것이다.

주의할 것은 그것들이 생겨났을 때 잽싸게 획득하지 않으면 금세 사라져 버린다는 것! 팔라니아는 부지런히 던전을 돌아다니며 눈에 보이는 대로 다크 스톤을 챙겼다. 그것은 꽤 지루한 작업이었지만 그녀는 수백여 개의 큼직한 다크 스톤을 챙길 때까지 작업을 멈추지 않았다.

'이제 다크 스톤이 생성되는 속도가 느려졌으니 이만 돌아가야겠어. 호호! 그래도 이 정도면 로드께서 꽤 기뻐하시겠지.'

아공간에 잔뜩 쌓여 있는 다크 스톤들을 보며 팔라니아는 흐뭇한 미소를 지었다. 그러다 던전 한쪽에서 핏빛으로 반짝이는 작은 돌을 발견하고 깜짝 놀랐다.

'저것은?'

블러디 스톤! 틀림없었다. 각종 마광산에서 아주 희귀하게 생성된다는 돌! 그것은 다크 스톤과는 비할 수 없이 귀한 것이었다.

팔라니아가 돌아왔을 때 마침 페브리스도 식량 마물들을 잔뜩 챙겨 복귀했다. 상급 마족인 페브리스답게 앞마당에는 그가 잡아온 식량 마물들이 산더미처럼 쌓여 있었다.

"이 정도면 한동안 식량 마물 걱정은 하지 않아도 되겠군."

"흐흐! 앞으로도 언제든 맡겨 주십시오. 다른 건 몰라도 뭔가를 잡아오는 것은 누구보다 잘할 자신이 있습니다."

샤크의 칭찬을 받자 페브리스는 기분이 좋은 듯 히죽거렸다. 그러다 그는 팔라니아를 쳐다봤다. 그녀가 과연 얼마나 많은 식량 마물 사냥을 해 왔는지 궁금해서였다.

그런데 그는 팔라니아가 아공간에서 다크 스톤들을 잔뜩 꺼내놓자 입을 쩍 벌렸다. 샤크 또한 뜻밖이라는 듯 두 눈을 휘둥그레 떴다.

"대체 어디서 이토록 많은 다크 스톤을 얻었느냐?"

"우연히 마광산을 발견했지 뭐예요? 앞으로 다크 스톤이 부족하면 언제든 말씀만 하세요. 제가 가서 잔뜩 챙겨 오겠어요."

마광산이라는 말에 페브리스의 입이 다시 쩍 벌어졌다. 샤크는 흐뭇한 표정으로 고개를 끄덕였다.

"수고 많았다. 한동안 푹 쉬도록 해라."

"예, 로드."

샤크가 무척 흡족해한다는 것을 느낀 팔라니아는 회심의 미소를 지으며 말했다.

"후후, 로드! 제가 특별한 선물을 준비했어요."

"그것은?"

"블러디 스톤이에요."

블러디 스톤이라는 말에 샤크 뿐 아니라 페브리스도 깜짝 놀랐다. 그것은 환야의 세계에서 매우 귀한 보물 중 하나로 취급되는 물건이었다.

다만 블러디 스톤은 마왕이 아니면 사용할 수 없는 것이라 마족이나 마물들에게는 마왕에게 자신의 충심을 보일 좋은 기회로 삼을 수 있었다.

'블러디 스톤!'

순간 샤크는 태마왕(胎魔王) 때가 떠올랐다. 소마왕으로 태어나기 이전 알 모양의 방에서 지내던 시간.

그때 샤크는 전달자 노인으로부터 마왕이 되기 위해서 꼭 알아야 할 상식들에 대해 들었는데, 그중에서 블러디 스톤에 관한 내용도 있었으니.

"블러디 스톤을 얻게 되면 운명의 주사위로부터 부여받은 마왕이 가진 특별한 고유 능력을 쉽게 각성할 수 있을 뿐만 아니라, 그 위력도 증가하게 되지요."

"그러나 환야의 수많은 마왕들 중 블러디 스톤을 얻은 이는 극히 드뭅니다. 그들의 특별한 고유 능력 또한 그렇게 묻혀 버리니 안타까울 뿐……."

그러고 보니 샤크는 잊고 있었다. 자신에게 부여받은 고유 능력이 있었다는 것을.

운명의 주사위라 불리는 정십이면체의 주사위를 던져 나왔던 은빛의 포도 열매들. 그로 인해 샤크는 리버스라 불리는 고유 능력을 부여받게 되었다.

전달자 노인의 말에 의하면 리버스는 권속들의 운명을 바꿔주는 특별한 능력을 갖고 있다 했는데, 지금껏 그 어떤 마왕도 리버스 능력을 부여받은 적이 없으며, 샤크가 최초라 했다.

마왕마다 타고나는 특별한 고유 능력!

그것들의 위력은 천차만별인데, 특별한 것일수록 각성까지의 시간이 오래 걸린다 했다. 리버스 역시 매우 특별한 능력이라 샤크가 매우 오랜 세월을 마왕으로서 생존했을 때 우연처럼 각성할 수 있을 것이라 했으니 말이다.

그런데 블러디 스톤이라는 희귀한 보물을 얻게 되면 얘기가 달라진다. 지금이라도 샤크는 그만의 고유 능력인 리버스를 각성하게 될지도 모르는 것이다.

'리버스라!'

권속들의 운명을 과연 어떻게 바꿔 준다는 것일까?

그것은 샤크가 가진 마왕으로서의 능력과 별개로 그저 오랜 세월을 환야에서 생존해 있어야 우연처럼 각성할 수 있는 특별한 것이라 했는데, 운 좋게 블러디 스톤을 얻었으니 샤크로서는 리버스에 대해 호기심이 들지 않을 수 없었다.

"로드! 저의 선물이 마음에 드시나요?"

팔라니아는 선물이라는 단어를 다시 강조하며 은근한 눈빛으로 샤크를 쳐다봤다. 초롱초롱 반짝이는 그녀의 두 눈을 보니 뭔가 크게 칭찬받을 것을 기대하는 기색이 역력했다.

"물론이다. 아주 마음에 드는 선물이구나. 혹시 내게 원하는 것이 있느냐? 뭐든 말해 보아라."

샤크는 블러디 스톤이라는 희귀한 보물을 가져온 팔라니아가 정말로 기특하게 느껴졌기에, 뭔가 원하는 것이 있으면 들어주고 싶었다. 그러자 팔라니아가 두 눈을 크게 뜨며 물었다.

"호호! 정말로 뭐든 들어 주실 건가요?"

샤크는 돌연 팔라니아의 몸에서 숨 막힐 듯한 요기가 뿜어져 나오는 것을 느끼고는 살짝 인상을 찌푸렸다. 그러나 이미 말을 했으니 어쩌겠는가. 샤크로서는 자신의 말에 책임을 지기 위해 그녀가 무엇을 원하든 들어주기로 했다. 샤크는 고개를 끄덕였다.

"물론이다."

팔라니아는 물론 마후(魔后)가 되게 해달라고 말하고 싶었다. 소문으로는 요염한 마력을 지닌 서큐버스 마족들이 마후나 마비(魔妃)가 되는 경우도 제법 있다 들었기 때문이다.

하지만 그녀가 생각해 볼 때 그것은 왠지 분수에 맞지 않았다. 보통 그런 식으로 마후나 마비가 되는 이들은 최상급 서큐버스 마족들이니까. 마비의 끝자락에라도 들어가고 싶으면 적어도 상급 마족 정도는 되어야 할 것이다.

팔라니아는 중급 서큐버스 마족일 뿐이다.

눈치가 빠른 그녀는 자신이 분수에 맞지 않은 소원을 말했다가 되레 로드의 분노를 사게 될 수도 있다는 생각에 다른 소원을 얘기했다.

"제가 알기로 블러디 스톤은 마왕의 숨겨진 능력을 각성할 수 있게 도와주는 물건이라 했죠. 만일 그것이 사실이라면 로드께서 그 능력을 각성한 이후 가장 먼저 제게 그걸 펼쳐 주세요."

"그렇게 하지."

팔라니아는 역시 마족답게 블러디 스톤의 가치를 알고 있는 모양이었다. 샤크로서는 부담스럽지 않은 소원이었기에 흔쾌히 수락했다. 동시에 눈치껏 자신이 꺼려할 만한 소원은 말하지 않은 팔라니아가 왠지 기특하게 느껴졌다.

"그러면 나는 잠시 각성을 위한 시간을 갖도록 하겠다. 페브리스! 팔라니아! 르부스! 너희들은 그 사이 이곳에 누구도 침입하지 못하도록 철저히 지켜라."

그러자 페브리스를 비롯한 세 마족은 즉시 부복하며 외쳤다.

"예, 로드. 내친김에 어떤 놈들도 들어오지 못하게 방벽을 쌓겠습니다."

"염려마세요, 로드!"

"목숨을 바쳐 지키겠습니다, 로드!"

샤크는 흐뭇한 표정으로 고개를 끄덕이고는 초옥의 방안으로 들어갔다.

'마족이 셋이나 있으니 든든하군.'

웬만한 일들은 마족들이 알아서 척척 해결할 것이니 샤크가 신경 쓸 필요도 없을 것이다.

'이럴 때 루델이나 라우벤이 있으면 더욱 든든할 텐데 왠지 아쉽군.'

 루델은 최상급 마족으로서의 능력도 뛰어났지만, 환야에서 온갖 산전수전을 다 겪어 임기응변에 능했다. 능히 샤크의 책사 역할을 해 줄 수 있을 것이다.

 라우벤은 마족들처럼 기괴한 마법이나 주술을 펼치진 못하지만, 이미 그랜드 마스터의 경지를 초월한 검술 실력에 마왕 포르미카의 날개를 무기로 가졌다. 따라서 그는 웬만한 최상급 마족들도 가볍게 썰어 버릴 수 있을 만큼 강했다.

 그러나 아쉽게도 샤크는 도시 트라구다의 위치를 찾기가 쉽지 않았다. 그리고 설령 그곳의 위치를 안다 해도 섣불리 샤크는 그곳에 모습을 드러낼 수 없었다. 틀림없이 일루전 족들이 이전 샤크의 부하들에 대해서는 어떤 식으로든 감시망을 펼쳐두었을 가능성이 높기 때문이다.

 설령 샤크가 죽었다 생각할지라도 불멸자라 불리는 그들이 그 정도의 주도면밀한 구석이 없겠는가.

 '인연이 닿는다면 다시 볼 수 있겠지만 그렇지 않는다면 어쩔 수 없는 일.'

 언젠가 그들을 다시 만나 저주를 풀어 줄 수 있겠지만, 그렇지 못한다 해서 크게 안타까워하거나 할 필요는 없으리

라. 그 또한 그들의 운명일 테니 말이다.

물론 샤크가 라우벤과 로니안에 대해 어느 정도 각별한 마음을 갖고 있는 것은 틀림없었다. 특히 그들과 있을 때는 샤크는 잠시나마 마왕이 아닌 인간으로서의 자신을 느낄 수 있어서 좋기도 했다.

그러나 그렇다 해도 그들에게 큰 정을 주지는 않았다. 어차피 그들은 무한한 마왕의 삶 속에서 잠시 스쳐 가는 존재일 뿐이니까. 잠시 한순간 깊게 잠이 들었다 깨어나면 눈에 보이지 않는 존재일 뿐이니까.

처음 봤을 때는 풋풋한 소녀였던 비니안이 중년의 공작부인이 되어 있을 뿐 아니라, 딸 로니안도 금세 자라서 어엿한 숙녀가 되었다. 로니안이 쓸데없이 마왕 매릭을 소환해 이모탈 무타티오의 저주를 받지 않았다면 지금쯤 결혼을 해서 아이를 낳았을지도 모른다.

그러다 잠시 지나면 로니안은 중년이 될 것이고, 비니안은 노년이 될 것이다. 그러다 어느 순간 그 둘은 비석을 통해서만 기억되는 망자가 되어 있으리라.

인간으로서의 한평생!

그 기간이 길다 하면 길고 짧다 하면 짧겠지만, 마왕인 샤크에게는 고작 한나절 정도의 시간일 뿐이다. 그렇게 순식간에 스러져 사라지게 될 그들을 마음에 품게 되면, 샤크는 장구한 마왕으로서의 삶을 사는데 큰 고통을 받게 될 것이다.

따라서 샤크는 인간 여성들이 마음에 끌린다 해도 절대 그들과 가까이할 생각이 없었다. 한때 비니안이 자신을 좋아하는 것을 알고 있으면서도 그것을 무시했던 것이 바로 그 이유였으니까.

잠시 인간들의 삶에 관여하여 그들을 도와줄 수는 있을지언정, 그들과 깊은 관계를 맺는 것은 좋지 않다는 것!

그것은 샤크가 최근 들어 더욱 절실히 느꼈다. 그가 아무리 인간의 자아를 가지고 있다 해도, 그는 인간들과 태생부터 다른 마왕이었기 때문이다.

굳이 이성으로서의 인연을 맺자면 차라리 서큐버스 마족인 팔라니아가 마왕인 샤크에게는 훨씬 어울렸다. 아니면 마족을 능가하는 장구한 수명과 능력을 지닌 로아탄 카렌도 나쁘진 않을 것이다.

솔직히 말하면 샤크가 마왕으로 태어난 이후 가장 강력하게 끌렸던 여성은 카렌이었다. 물론 그녀에게 집착할 정도는 아니지만 그래도 굳이 마후를 둔다 했을 때 가장 먼저 떠오르는 여성이 바로 그녀였으니까.

그 이유가 무엇인지는 샤크도 잘 모른다. 카렌은 물론 미의 여신이라 불릴 만큼 아름답긴 하지만, 마족인 루델도 만만치 않다. 또한 지금 그의 권속으로 있는 서큐버스 마족 팔라니아의 요염함은 그녀들을 능가했다.

그런데도 카렌이 가장 마음에 남아 있는 이유는, 아마도 샤크가 소마왕으로 태어나 가장 먼저 만난 여성이기 때문일지도 모른다. 또한 그녀가 샤크의 생명을 구해 주었던 것과 얼떨결에 당한 첫 키스의 경험도 그와 무관하지는 않을 것이다.

그러나 안타깝게도 카렌은 용자의 가디언이었다. 그것도 샤크의 원수나 마찬가지인 용자 르티아의 가디언. 따라서 카렌이 그의 가디언인 이상 샤크에게는 적이나 마찬가지였다. 언젠가 샤크가 르티아를 죽이게 되면 카렌은 죽음을 불사하고 샤크를 향해 검을 겨눌 것이다.

'로아탄들은 한 번 충성을 맹약하면 소멸되어 먼지로 사라지는 그 순간까지 그것을 지킨다 했지.'

과연 르티아가 타락한 용자라는 사실을 안다 해도 카렌은 그러한 맹약을 지킬 것인가?

고지식한 카렌은 그러고도 남을 것이다. 그리고 아마 샤크의 손에 숨이 끊어지는 그 순간까지 복수를 포기하지 않을 것이 분명했다.

그렇게 되면 샤크 또한 그녀를 죽여야 할지도 모른다. 한두 번은 망설일 수 있겠지만.

그런데 사실 샤크가 설령 용자 르티아와 적이 아닐지라도 카렌을 마후로 들이기란 불가능했다. 인간 식으로 표현하자면 그녀는 남의 여자나 마찬가지니까.

환야에서 아무리 기괴한 일이 많이 벌어진다지만, 용자의 가디언과 마왕이 연을 맺게 될 가능성은 아주 희박할 것이다. 생각이 거기까지 미치자, 샤크는 왠지 씁쓸했다.

'인연이 아니라면 더 이상 관심을 갖지 않는 게 현명하겠지.'

샤크는 잠시 떠오른 상념들을 머릿속에서 지우고는 블러디 스톤을 바라봤다.

'리버스! 과연 어떤 능력일까?'

샤크는 두근거리는 마음을 진정시키며 본신이 있는 루트 오브 다크니스로 들어갔다.

Chapter 11

운명을 바꾸는 능력

샤크가 각성 수련을 시작한 지 어느덧 3디에스 정도의 시간이 흘러갔다. 그런데도 여전히 그는 루트 오브 다크니스에서 나올 생각을 하지 않았다.

 그 사이 세 마족들은 부지런히 움직였다. 페브리스는 팔라니아가 가져온 다크 스톤들을 활용해 울타리의 외부에 벽을 쌓았다. 대나무 울타리가 내성벽(內城壁)이라면 새로 만든 벽은 외성벽(外城壁)이라 할 수 있었다.

 이 엄청난 공사를 위해 오우거의 외모를 지닌 페브리스는 휘하 마족들과 마물들을 들볶았다.

"뭣들 하느냐? 한눈팔지 말고 열심히들 움직여라. 요령 피는 놈들은 가만두지 않겠다."

다크 슬라임들을 비롯한 모든 마물들이 동원된 것은 당연한 일이지만 지휘관급인 마족들조차 예외를 두지 않았다. 오히려 페브리스는 팔라니아와 르부스를 더욱 닦달하며 괴롭혔다.

"흐흐, 너희들은 명색이 마족이니 마물들보다 열 배의 할당량을 주마. 불만 있느냐?"

"없어요……."

"없습니다."

팔라니아와 르부스는 시키는 대로 할 수밖에 없었다. 상급 마족인 페브리스는 사실상 마왕 샤크의 권속들 중 최강의 권력자라 할 수 있었다. 특히 지금처럼 샤크가 수련에 몰두하고 있을 때는 이곳의 전권은 페브리스에게 있다 봐야 했다.

"로드의 부재 시에는 나의 말이 로드의 뜻과 같다. 내 말을 듣지 않는 놈들은 로드의 뜻을 따르지 않았을 때와 같은 처벌을 받게 될 것이다."

그렇게 페브리스가 요란 법석을 떤 덕분인지 작업은 엄청난 속도로 진행되었다. 불과 2디에스 만에 내성의 수십 배에 달하는 외성이 완성된 것이다.

그냥 돌로 벽만 쌓아 놓은 것이 아니라, 상급 마족인 페브리스가 가진 모든 마법과 저주의 지식이 총동원된 공사였다. 거기에 다크 스톤들을 모조리 가져다 박았으니 외성벽의 방어 능력은 내성벽 못지않게 강력해졌다. 그로 인해 이곳 역시 최상급 마족 정도가 아니면 성벽을 뛰어넘어 오기란 불가능했다.

외성이 완성되자 페브리스는 조만간 샤크가 수련을 마치고 나오면 칭찬을 받을 생각에 신이 나 있었다. 그런데 그때부터는 딱히 다른 할 일이 없다 보니, 휘하 마족들과 마물들을 더욱 괴롭히기 시작했다.

물론 그는 마족들과 마물들을 대놓고 괴롭히면 분명 샤크에게 혼이 날 수도 있다는 사실을 알았다. 그러나 그가 달리 상급 마족이겠는가. 그의 지능은 누군가를 합법적으로(?) 괴롭히거나 고통을 주는 것에는 아주 잘 발달되어 있었다.

촤아아! 쏴아아아!

후드드드!

갑자기 상공에서 오물로 이루어진 우박이 떨어져 내렸다. 물론 그것은 페브리스가 펼친 마법으로 인해 벌어진 일이었다.

"크큭! 너희들의 정신력 강화를 위한 훈련이다. 모두 지금부터 외성 청소를 시작한다. 냄새는 물론 먼지 한 톨이라도 나오면 가만두지 않겠다."

그의 말이 끝나기 무섭게 마물들이 우르르 달려갔다. 대체 청소와 정신력 강화가 무슨 관계가 있는지 알 수 없지만 그런 것에 의문을 가져서는 안 된다. 조금이라도 꾸물댔다간 무식한 오우거 마족에게 맞게 될 테니까. 그것은 끔찍한 일이었다.

"거기 너희 둘은 내성 청소를 실시한다! 실시!"

팔라니아와 르부스도 후다닥 달려갔다. 아무리 오물로 이루어진 우박이 내렸다지만, 마족인 그들에게 청소란 사실 간단한 일이었다. 마법을 펼치면 순식간에 끝날 일이었으니까.

그러나 페브리스가 지켜보고 있을 땐 절대 간단하지 않았다. 그에게는 모든 것이 다 트집거리가 될 수 있었다.

'치잇! 저놈은 작정하고 우릴 괴롭히려는 거야, 르부스.'

'크으으! 정말 죽을 지경입니다요, 팔라니아님.'

팔라니아와 르부스는 동병상련의 처지를 느끼며 울상을 지었다. 그러나 그들은 싫은 기색을 하지 않고 부지런히 청소를 했다.

투둑! 뚝뚝뚝!

그러나 그들이 깨끗이 닦아 놓은 곳에는 여지없이 더러운 오물이 떨어져 내렸으니 청소는 끝이 없었다.

그렇게 다시 1디에스의 시간이 흘렀을까?

페브리스에게는 흥미진진한 반면, 다른 마족들과 마물들에게는 말 그대로 지옥과 같은 그 시간이 흘렀을 때 드디어 샤크가 루트 오브 다크니스에서 걸어 나왔다.

"로드! 각성을 축하드리옵니다."

놀랍게도 페브리스는 그 찰나의 순간에 내성과 외성의 모든 오물들을 손짓 한 번에 어디론가 날려 버렸다. 그러고는 마치 아무 일도 없었다는 듯 샤크의 앞에 가장 먼저 달려가 엎드렸다.

"수고 많았다, 페브리스."

샤크는 울타리 외부로 거대한 외성이 생겨난 것을 보고 흡족한 미소를 지었다. 확실히 휘하에 마족이 있으면 여러모로 편한 것이 맞다. 페브리스처럼 알아서 척척 하는 마족이 있으면 더더욱.

물론 샤크는 그동안 페브리스가 다른 마족이나 마물들을 괴롭히고 있다는 사실을 알고 있었다. 그러나 어차피 그 정도야 봐 줄 만한 일이었다.

여긴 선량한 인간이나·이종족들이 살고 있는 곳이 아니라 사악한 마족들과 마물들이 우글거리는 곳이다. 특히 갈수록 마물들의 숫자가 점점 많아지는 터라, 오히려 누군가 그런 식으로 질서를 꽉 잡고 있는 것이 샤크에게는 편하기도 했다.

다만 팔라니아와 르부스의 처지는 샤크가 봐도 좀 딱하긴 했다. 그래도 그들은 명색이 마족인데 마물과 같은 취급을 받으며 구르고 있으니 죽을 지경일 것이다.

어쨌든 아직은 좀 더 두고 볼 생각이었다. 너무 심하다 싶으면 그때 가서 제동을 걸면 되니까.

그보다 지금은 새로 각성한 리버스 능력을 시험해볼 때다. 그런 샤크의 눈치를 팔라니아가 간파하고는 다급히 외쳤다.

"로드, 약속대로 저부터 먼저 펼쳐 주셔야 해요."

"그건 염려마라."

샤크가 그간 각성한 리버스 능력은 인챈트라는 것이었다. 그것 말고도 또 다른 능력도 존재하지만 아직은 펼칠 수 없었다. 그것은 샤크가 인챈트라는 능력을 무수히 펼치면서 깨달음을 얻어야 각성할 수 있는 상위의 능력이기 때문이다.

인챈트는 말 그대로 권속들의 운명을 강화시켜주는 신비한 힘이었다. 운명이 강화된다는 것은 어떤 의미일까? 그것은 샤크 또한 직접 시도를 해본 후 결과를 눈으로 확인하기 전에는 알 수 없었다.

문제는 인챈트가 무조건 성공한다는 보장이 없다는 것이다. 성공을 하게 되면 해당 권속의 운명이 강화되지만, 반대로 실패를 하게 되면 해당 권속의 운명은 약화되게 된다.

그러나 한 가지 흥미로운 사실이 있다면, 최초의 단 한 번의 시도는 무조건 성공할 것이란 사실이었다. 그 이유가 무엇 때문인지는 명확히 알 수 없지만, 샤크는 리버스를 각성하는 순간 그것을 알 수 있었다.

어쩌면 그것은 고유 능력을 각성한 마왕에게 주어지는 일종의 선물 같은 것인지도 모른다. 그런만큼 그 한 번의 시도는 그가 가장 아끼는 마족에게 펼쳐 주는 것이 현명한 일이었다.

팔라니아는 본능적으로 이와 같은 일이 있을지 짐작했는지 모르지만, 어쨌든 그것은 그녀가 쟁취한 행운임은 분명했다. 샤크는 기꺼이 그 약속을 지키기로 했다.

"팔라니아! 약속대로 너에게 가장 먼저 기회를 주도록 하겠다. 좀 더 가까이 다가와 무릎을 꿇어라."

"예, 로드."

팔라니아는 상기된 표정으로 다가가 샤크의 앞에 무릎을 꿇었다. 샤크는 그녀의 머리에 손을 얹은 후 리버스의 인챈트 능력을 펼쳤다.

번쩍!

순간 루트 오브 다크니스가 요동치더니 그곳으로부터 은색의 빛줄기가 쏟아져나와 팔라니아의 몸을 휘감았다.

화아아악!

팔라니아의 몸이 번개라도 맞은 듯 부르르 떨렸다. 그녀의 몸은 이내 찬란한 은빛의 광채에 휩싸여 보이지 않았다.

츠츠츠!

샤크는 담담한 표정으로 그 모습을 지켜봤다. 페브리스는 침을 꿀꺽 삼키며 긴장된 표정이었고, 르부스는 숨까지 죽이며 시선을 떼지 않았다. 마물들도 마찬가지였다.

잠시 후 은빛의 광채가 사라지고 팔라니아의 모습이 드러났을 때 모두의 표정에 일제히 경악이 어렸다.

오오!

놀랍게도 팔라니아의 몸에서 풍기는 마기의 기세는 더 이상 중급 마족의 그것이 아니었다. 이전보다 가히 수십 배 이상 강렬해져 있었던 것이다.

이는 가히 최상급 마족이 아니면 발산하기 힘든 가공할 마기였다. 그로부터 서큐버스 특유의 요염한 마력 또한 수십 배 이상 증가했으니 마물들은 물론 마족들도 그녀의 모습 앞에 다리가 풀려 버릴 지경이었다.

그렇다. 샤크가 펼친 신비한 리버스의 능력이 중급 서큐버스 마족이었던 팔라니아의 운명을 바꾸어버렸다. 최상급 마족으로!

이 경악할 만한 상황에 모두가 깜짝 놀랐지만 그중 가장 충격을 받은 이는 다름 아닌 상급 마족 페브리스였다.

'크어! 마, 말도 안 된다!'

어찌 중급 마족 따위가, 한때는 그의 노리갯감에 불과했던 하찮은 서큐버스 따위가 단번에 최상급 마족이 되어 버린다는 말인가. 상급 마족이 된다 해도 말도 안 되는 일이거늘, 최상급 마족이라니! 페브리스는 이 상황을 도무지 받아들이기 힘들었다.

"훗."

그런 그를 향해 팔라니아가 힐끗 냉소를 보냈다. 아주 가벼운 한 번의 시선이었지만 페브리스는 전신의 맥이 탁 풀려 주저앉아버렸다.

"흐억!"

페브리스는 전신에 오한이 들었다. 그저 단 한 번의 눈짓에 그가 가진 마기가 흩어져 버린다는 것! 그것은 이제 그가 무슨 수를 써도 팔라니아를 어찌할 수 없음을 의미했다.

포식자와 피식자의 위치가 바뀌었다. 먹이사슬의 역전! 이는 피식자에 불과했던 중급 마족이 최상급 마족으로 운명이 바뀌며 벌어진 일이었다.

운명을 바꾸는 능력 261

이제 페브리스는 두려움에 떨어야 하리라. 바로 조금 전까지만 해도 그는 상급 마족이라는 이유로 중급 마족인 팔라니아를 얼마나 괴롭혔던가. 조만간 그에 대한 피의 보복이 이루어질 것은 자명한 사실.

"로드! 목숨을 바쳐서 영원히 당신께 충성하겠습니다."

팔라니아는 마치 처음 샤크에게 충성의 맹약을 했던 것처럼 다시 엄숙하게 그의 앞에 부복했다. 샤크는 빙긋 웃으며 고개를 끄덕였다.

"휘하에 최상급 마족 권속이 생기니 나 역시 든든하구나. 이후로 나의 신경이 쓰이지 않도록 네가 알아서 잘하리라 믿는다."

순간 팔라니아의 눈빛이 반짝였고 그녀의 입가에 미소가 맺혔다. 그녀가 어찌 샤크가 말한 바의 뜻을 모르겠는가.

이제 샤크의 모든 권속들을 주관하는 자리에 그녀를 두겠다는 뜻이었다. 아까까지 페브리스가 가졌던 그 절대권력을 팔라니아가 가지게 된 것이었다. 최상급 마족이 되면서 당연히 예상했던 일이지만, 로드인 샤크가 그것을 직접 인정해 주니 그녀의 기분은 날아갈 것 같았다.

'오호호홋! 페브리스! 너는 이런 날이 올 줄은 몰랐을 것이다.'

그녀는 페브리스 이외에 다른 녀석들은 굳이 손봐줄 필요를 느끼지 않았다. 어차피 이전에도 모두 그녀의 아래에 있었을 뿐 아니라 특별히 그녀의 심기를 거스른 이들은 없었기 때문이다.

그러나 페브리스는 정말로 오랜 세월 동안 그녀를 끈질기게 괴롭혀왔던 원수나 마찬가지였다. 그에게 강제로 겁탈을 당했던 적이 대체 몇 번이었으며, 죽도록 모아둔 재산을 털린 적이 또 몇 번이었던가.

'으득! 너는 이제 죽었어!'

물론 페브리스 역시 로드 샤크의 권속인 이상 그녀가 마음대로 죽일 수는 없었다. 그러나 이전에 페브리스가 했던 것처럼 그녀도 얼마든지 그를 괴롭힐 수 있었다.

그렇게 그녀가 벼르고 있다는 사실을 페브리스가 어찌 모를까? 그는 초조한 표정으로 샤크에게 다가가 말했다.

"로드! 부, 부디 제게도 로드의 그 놀라운 능력을 펼쳐 주시기를 간절히 바라옵니다."

페브리스는 최대한 공손하게 말했지만, 그의 음성은 심히 떨렸고 어색하기조차 했다.

"흠."

샤크는 페브리스의 마음을 충분히 이해했다. 그가 이토록 초조한 표정을 짓는 이유가 무엇이겠는가. 팔라니아에게 앞으로 된통 당할 것에 대한 두려움도 두려움이지만, 그보다 중급 마족이 최상급 마족으로 운명이 뒤바뀌었다는 것에 대한 충격 때문일 것이다.

따라서 당연히 페브리스 또한 그와 같은 새로운 운명을 얻기를 원할 것은 당연했다. 오랜 세월을 상급 마족으로 살아온 그이기에 더더욱 최상급 마족이 얼마나 대단한 존재인지 알 것이고, 그에 대한 열망도 크다 할 수 있었다.

샤크는 페브리스를 노려보며 입을 열었다.

"네게 그것을 펼쳐 주는 것은 어렵지 않다만, 이제부터는 큰 위험이 존재한다. 너의 운명이 상향이 아닌 자칫 하향으로 바뀔 수도 있기 때문이지. 그리고 그렇게 뒤바뀐 운명은 다시 내가 이 능력을 펼친다 해도 되돌릴 수 없다. 네가 그것을 감수할 수 있다면 펼쳐 주도록 하마."

"으음!"

페브리스는 침을 꿀꺽 삼켰다. 무사히 성공하면 상향으로 운명이 뒤바뀌게 되니 그 역시 최상급 마족이 될 수 있을 것이다. 그러나 만일 실패하면 그는 하향으로 운명으로 뒤바뀌게 된다.

그것은 상급 마족인 그가 자칫 중급 마족이나 하급 마족이 될 수도 있다는 뜻이었다. 혹시라도 그렇게 된다면 과연 견딜 수 있을까?

그 생각을 하자 페브리스는 선뜻 결정을 내리지 못했다. 그런데 그때 뒤쪽에서 엎드려 있던 르부스가 조심스레 고개를 들고 말했다.

"로드! 저는 실패해도 상관없습니다. 아무 때라도 좋으니 부디 그 능력을 펼쳐만 주십시오."

하급 마족인 르부스 또한 운명이 바뀐다는 것에 관심이 있는 모양이었다. 그의 경우는 성공할 경우 중급 마족 이상이 될 수도 있는 행운을 얻게 되겠지만, 실패할 경우 자칫 마족이 아닌 마물이 되어 버릴 수도 있었다.

그러나 그렇다 해도 그는 그것을 감수하고 싶은 듯했다. 아마도 하급 마족으로서 괄시받고 살아왔던 설움 때문이리라.

그때 샤크가 고개를 끄덕였다.

"좋다. 네 각오가 그렇다면 네게도 운명을 바꿀 기회를 주지."

사실 리버스의 인챈트 능력을 펼치는 데는 제법 마기가 소진되기에 함부로 남발해서는 안 된다. 따라서 샤크는 가급적 마족 정도가 아니면 그것을 펼치지 않을 작정이었다.

추후에 본신이 완전히 회복되고 루트 오브 다크니스에 마기가 남아돌 지경이 되면 마물들에게도 기회를 줘 볼 수 있겠지만, 지금은 아니었다.

세 마족 중에서 팔라니아는 이미 운명을 바꾸었으니 제외하고, 이제 페브리스와 르부스가 남았다. 페브리스는 주저하고 있고, 르부스는 무조건 하겠다고 하니 그에게 먼저 기회를 주기로 했다.

"가까이 다가와서 무릎을 꿇어라, 르부스."

"예, 로드."

르부스는 자칫하면 자신이 마족이 아닌 마물이 되어 버릴 수 있음을 모르지 않았다. 그가 아무리 하급 마족일망정 마족과 마물은 하늘과 땅 차이다. 마물이 된다면 정말 비참한 상황에 처하게 되겠지만, 그는 마생에서 유일하게 찾아온 운명을 바꿀 기회를 놓치고 싶지 않았다.

츠으읏!

그때 샤크가 르부스의 머리에 손을 올리고 인챈트를 펼쳤다.

번쩍!

루트 오브 다크니스가 요동치며 은빛의 폭풍이 르부스의 몸을 휘감았다.

화아아악—

과연 결과가 어찌 될 것인가? 그것은 정작 인챈트를 펼치는 샤크도 알 수 없었다. 팔라니아의 경우는 무조건 성공할 것을 알고 있었지만, 지금은 성공할지 실패할지도 예측이 불가했다. 그저 르부스에게 행운이 깃들기만을 바랄 뿐.

스스스—

그때 은빛의 폭풍이 사라지고 르부스의 모습이 드러났다.

"오!"

"와아!"

탄성은 르부스가 아닌 멀리서 지켜보던 마물들로부터 나왔다. 그들은 르부스에게서 풍기는 기세가 이전보다 몇 배 이상 강력해진 것을 느꼈던 것이다.

그렇다. 르부스는 하급 마족에서 중급 마족이 된 것이다. 태생적 운명의 한계가 바뀌어 버렸다.

'아아! 내가 중급 마족이 되다니.'

르부스의 표정은 희열로 가득 찼다.

'하하하! 내가 중급 마족이라니!'

어디 가서 그래도 마족 취급을 받으려면 중급 마족은 되어야 한다. 하급 마족은 마물 정도로 취급하는 마족들이 적지 않았던 것이다.

그러나 이제 그는 괄시받는 하급 마족에서 어엿한 중급 마족이 되었으니 누구도 그를 무시하지 않을 것이다. 그는 가슴이 벅찼다. 좀처럼 흘리지 않는 눈물이 끝없이 흘러내렸다.

"쿠아아! 축하합니다요."

"케헷! 중급 마족이 되신 걸 축하해요, 르부스님!"

마물들이 일제히 환호를 하며 르부스를 축하해 주었다. 그동안 르부스는 자신이 마족이라며 마물들을 괄시하거나 괴롭힌 적이 한 번도 없었다. 오히려 마물들을 항상 챙겨 주었고 배려해 주었던 것이다. 그러다 보니 그는 마물들이 가장 좋아하는 마족이었다.

"크흑! 위대하신 로드의 은혜에 감사드립니다. 몸이 찢어져 가루가 되는 그 순간까지 로드께 충성을 바치겠사옵니다."

르부스는 벅찬 가슴을 진정시키고 샤크에게 다시금 충성의 맹약을 했다. 중급 마족이 된 그는 확실히 이전보다 의연해졌다. 자리가 사람을 만들 듯, 능력이 마족을 만드는 게 분명했다.

"로드! 하겠습니다."

그때까지 고심하며 상황을 지켜보던 페브리스는 르부스가 하급 마족에서 중급 마족이 되는 놀라운 현상까지 목격하자 더 이상 망설일 수 없다는 생각에 불쑥 외쳤다.

'크흐! 저따위 하급 마족 따위가 중급 마족이 되었는데 내가 이대로 있으면 모두 나를 우습게 볼 것이다.'

그는 틀림없이 자신도 운명이 상향으로 바뀔 것이라 생각했다. 하찮은 하급 마족 따위도 성공하는데 설마 상급 마족인 자신이 실패할 리가 없다는 생각이었다.

그러나 샤크는 왠지 예감이 좋지 않았기에 고개를 흔들었다.

"다시 말하지만 실패할 수도 있다. 나 또한 네가 최상급 마족이 된다면 크게 환영할 일이지만, 그것은 마왕인 나라도 어찌할 수 없는, 말 그대로 운의 영역이다. 그런데도 할 각오가 되어 있느냐?"

"예, 로드."

페브리스는 힘차게 대답했다. 하급 마족인 르부스도 망설이지 않고 하겠다고 했는데, 상급 마족인 자신이 망설이면 우스운 꼴을 보이는 것이다. 페브리스는 짐짓 여유로운 미소까지 흘리며 말을 이었다.

"흐흐, 그 어떤 상황에도 겸허히 그것을 받아들일 것이니 염려 마소서."

샤크는 잠시 생각에 잠겼다. 만일 페브리스가 중급이나 하급 마족이 된다면? 샤크로서는 권속의 능력이 떨어지는 것이 결코 달가울 리 없다.

그러나 한편으로 크게 개의치 않아도 되는 상황 아닌가? 최상급 마족인 팔라니아가 있으니 말이다. 최상급 마족의 능력은 웬만한 상급 마족 수십 명과 맞먹을 정도이니까.

따라서 페브리스의 능력이 떨어진다 해도 크게 상관은 없었다. 그리고 꼭 실패하란 보장은 없었다. 예감은 어디까지나 예감일 뿐이니 말이다.

특히나 만일 페브리스가 성공적으로 운명이 인챈트되어 최상급 마족이 된다면 샤크에게는 그것처럼 좋은 일이 없으리라. 샤크는 이내 결심을 굳히고 고개를 끄덕였다.

"좋아. 네 뜻이 정 그렇다면 시도해 보도록 하지. 가까이 다가와 무릎을 꿇어라."

"예, 로드."

페브리스는 엄숙한 표정으로 다가와 부복했다. 샤크는 그의 머리에 한 손을 올리고는 인챈트를 펼쳤다.

번쩍!

곧바로 루트 오브 다크니스가 요동치며 은빛의 폭풍이 몰아닥쳤다. 오우거의 몸체를 가진 페브리스는 그 폭풍에 휘말렸고 그의 모습은 한동안 보이지 않았다.

여기까지는 앞선 마족들과 다를 바가 없었다. 다만 이후에 어떤 결과가 나타날지는 아무도 알 수가 없는 터였다. 모두들 숨죽인 채 결과를 지켜봤다.

스스스스—

드디어 은빛의 폭풍이 사라졌다. 그리고 본래 4로빗이 넘는 거대한 몸체였던 페브리스가 대략 2로빗 정도로 작아진 채로 나타났다.

그뿐 아니라 그의 몸에서 풍기던 마기도 대거 줄어들어 버렸다. 충격적인 일이지만 상급 마족이었던 그가 중급 마족도 아닌 하급 마족이 되어 버린 것이다.

"크으흐어어……!"

페브리스는 아직도 자신에게 벌어진 일을 받아들이지 못하는 듯 망연자실한 표정이었다. 그의 입에서는 알 수 없는 이상한 신음 소리가 흘러나왔고 몸체는 부들부들 떨렸다.

"쯧! 그러기에 느낌이 좋지 않으니 잘 생각해 보라 했건만."

샤크는 혀를 한 번 차고는 말을 이었다.

"어쨌든 기왕 그렇게 운명이 바뀌었으니 어쩌겠느냐? 이제 그것에 순응하며 살아가도록 하라."

"크허엉! 로드! 한 번만 더 펼쳐 주실 수 없습니까?"

"그것은 불가하다. 네게 주어진 기회는 한 번뿐이었다."

"하오나……"

"네게 주어진 새로운 운명에 순응하든지, 아니면 소멸을 택하든지 마음대로 하라."

곧바로 샤크의 두 눈에서 섬뜩한 한기가 섬광처럼 쏟아져 나왔다. 그 눈빛을 받은 페브리스는 흠칫하며 몸을 떨었다. 그는 여기서 토를 달았다간 로드의 분노를 사 죽을 수도 있다는 생각에 급히 입을 닫았다. 스스로 자초한 것이니 그가 무슨 할 말이 있겠는가.

'크허엉! 내가! 하급 마족이라니! 하급 마족이라니! 나 페브리스가! 하급 마족이라니…… 크허허엉!'

그의 얼굴은 마치 인간 남성이 갑자기 성적 불능이 되어 '내가 고자라니!'를 외칠 때와 흡사한 깊은 절망감이 배어 있었다.

그러나 더욱 기막힌 것은 그 누구도 하급 마족이 된 그를 동정하지 않는다는 것이었다. 마물들에게 있어서는 여전히 그가 두려운 대상이니 그들은 별다른 내색을 하지 않고 그의 눈치를 보고 있었지만, 두 마족의 표정은 그렇지 않았다. 오히려 잘 되었다는 듯 희색이 만연했던 것이다.

팔라니아야 최상급 마족이니 그럴 수도 있다 치자. 그런데 어쩌다 운이 좋아 중급 마족이 된 르부스 역시 고소해 죽겠다는 듯 만면에 미소를 머금고 그를 쳐다보고 있었다.

'저놈! 대체 언제부터 중급 마족이었다고, 제기랄!'

어쩌면 저토록 얄미울 정도로 해맑은 미소를 지을 수 있다는 말인가? 그는 마치 남의 불행이 자신의 행복이라는 듯 즐거워 보였다.

'크으으아아!'

페브리스는 분통이 터져 미칠 지경이었다. 예전 같으면 르부스를 절대 가만 놔두지 않았을 것이다.

그러나 이제는 르부스가 그의 상전이 되었다. 실제로 마기가 대거 줄어들어 버린 그는 르부스의 상대가 되지 못했다. 르부스의 눈빛만 봐도 그는 오금이 저려 다리가 후들거릴 정도였으니까.

하물며 중급 마족인 르부스에게도 그럴진대 최상급 마족이 된 팔라니아에게는 오죽하겠는가. 그녀는 이제 페브리스에게는 하늘과 같은 존재였다. 감히 쳐다볼 수도 없는 절대자와 다름없는 것이다.

그때 샤크가 페브리스를 향해 말했다.

"그래도 충격이 적지 않을 테니 앞으로 1디에스 동안 휴가를 주겠다. 그 사이 뭐든 네가 하고 싶은 것이 있으면 하고 편히 쉬어라."

동시에 샤크는 팔라니아와 르부스에게도 경고를 잊지 않았다.

"페브리스에게 이전의 앙갚음을 하며 괴롭히지 말고 가능한 잘해 주도록 해."

"호호, 염려 마세요, 로드."

"로드의 뜻을 받드옵니다."

팔라니아와 르부스는 흔쾌히 샤크의 명을 받았다. 이제 페브리스는 그들이 굳이 괴롭히지 않아도 이미 충분히 괴로운 상황이었다. 스스로 죽지나 않는다면 다행인 상황인 것이다.

'흥! 두고두고 못살게 해 주려 했는데 하급 마족이 되었으니 참는다.'

'크흑! 내가 그였다면 살고 싶지 않을 것이다. 이런 상황에 굳이 그를 또 괴롭힐 필요는 없겠지.'

둘 다 페브리스에게 맺힌 것이 맞았지만, 그렇게 그들은 관용 아닌 관용을 베풀기로 했다.

Chapter 12
마왕답게 사는 법

서큐버스 팔라니아가 최상급 마족이 되면서 샤크는 이전에 비해 훨씬 편해졌다. 그는 아무것도 신경 쓰지 않아도 그녀가 알아서 척척 모든 살림(?)을 꾸려나갔던 것이다.

 팔라니아는 마광산에서 다크 스톤을 주기적으로 채취해 왔고 그것들로 외성의 방어력을 강화시켰기에, 샤크의 마궁은 정말로 마궁다운 모습으로 바뀌었다.

 물론 대나무 울타리로 둘러싸인 내성의 모습은 크게 변한 것이 없지만, 외성은 웅장한 마왕성의 위용을 갖춰갔다. 단 하나뿐이던 외성벽이 무려 12개로 늘어났고, 내성에 존재하던 마물 숲과 마물군단의 병영은 모두 외성으로 옮겨졌다.

그로 인해 샤크의 거처는 매우 조용하고 아늑한 장소로 바뀌었다. 마물 숲에 우글거리던 마물 곤충들의 소리도, 앞마당에서 수련을 하던 다크 슬라임들의 기합 소리도 사라졌다.

특히나 울타리를 이루는 대나무들의 숫자가 수백 배로 증가해 울창한 숲을 이루었기에, 내성에만 있으면 이곳이 마왕성이라는 생각이 전혀 들지 않을 정도였다.

게다가 눈치 빠른 팔라니아가 샤크의 취향을 간파했는지, 앞마당을 정원의 형태로 바꾸어 놓았다. 작은 호수를 연상케 하는 연못, 대나무 숲 사이로 산책로도 생겨났다.

본신은 무리 없이 회복되고 있고, 외성의 일은 자신이 일절 신경 쓰지 않아도 점점 확장되고 있으니, 샤크로서는 흐뭇하지 않을 수 없었다.

'최상급 마족이 있다는 것이 이토록 편한 건 줄은 몰랐군.'

샤크는 비로소 마왕들이 어째서 최상급 마족들을 휘하 권속으로 들이려고 기를 쓰는지 이해할 수 있었다.

특히 최상급 마족의 진정한 가치는 마왕이 루트 오브 다크니스를 생성하고 마궁을 만들어 봐야 제대로 알 수 있게 된다. 지금처럼 말이다.

만일 샤크가 루트 오브 다크니스를 생성하지 않았다면 팔라니아가 최상급 마족이 되었다 해도 그저 천덕꾸러기 취급만 받았을 것이다. 이전의 루델처럼 말이다.

어쨌든 그로 인해 샤크는 홀로 한가로운 시간을 보낼 수 있었다. 간혹 그를 찾아와 그간 일을 보고하는 팔라니아를 제외하면 감히 누구도 근처에 얼씬하지 않았기 때문이다.

'이런 삶이라면 마왕도 나쁘지는 않구나.'

샤크는 팔라니아가 만들어 놓은 산책로를 걸으며 여유를 즐겼다. 예전에는 틈만 나면 수련을 해야 한다는 강박증에 시달렸지만, 최근의 그는 그로부터도 자유로워졌다.

어차피 본신이 완전히 회복되기 전까지 그가 더 새로운 경지를 개척하기란 불가능한 일이기 때문이었다. 그러다 보니 삶의 여유라는 것이 무엇인지 깨닫게 되었다. 그리고 그것이 무척이나 즐거움을 준다는 것도.

우습게도 그것은 그가 전생에서도 알지 못했던 것이었다. 그는 수련광이었다. 현생에서도 마찬가지. 본신이 건재했을 때 그는 휴식이라는 것이 뭔지 모를 정도로 수련에 집착했으니까.

그러나 수련을 할 필요가 없는 상황에 이르자 수련에 대한 광적인 집착으로부터 자연스럽게 자유로워졌고, 그로부터 적지 않은 깨달음을 얻게 되었다.

수련으로부터 자유로워졌는데, 정작 또 새로운 깨달음을 얻게 되니 그 또한 수련이나 다를 바 없는 것인지도 모른다.

그러나 이번의 깨달음은 그전의 깨달음과는 다른 류의 것이었다. 그동안은 오직 전투력과 관련된 깨달음이었다면, 이번 것은 삶을 즐길 수 있는 것에 대한 깨달음이었으니까.

아울러 그는 이 방대한 환야의 세계에 대해 좀 더 깊은 관심과 이해를 가질 수 있게 되었다.

그동안의 그는 그저 협의의 상징인 용자, 그리고 용자와 대립하는 악의 화신인 마왕을 중심으로 환야를 바라보았다.

물론 인간과 이종족들, 마물과 마족, 오르덴들이 있고 그들 위에서 불멸자라 자칭하는 위선적 존재인 일루전 족들도 있음을 알지만, 결국은 용자와 마왕의 대립을 중심으로 환야를 바라본 것이 사실이었다.

그렇기에 환야에서의 짧지 않은 삶 동안 그는 그다지 즐거워 본 적이 없었다. 일단 전생에서는 협의의 상징이라 자신했던 자신이 악의 화신인 마왕으로 태어난 것부터 마음에 안 들었기 때문이다.

그러나 샤크는 이제 마왕인 자신의 정체성을 굳이 부인할 생각이 없었다. 그는 마왕으로서 아주 즐겁게 살 생각이니까.

그리고 굳이 협의라는 것에 얽매일 생각도 없었다. 그렇다고 해서 악하게 살겠다는 것이 아니라, 그저 마음이 가는 대로 마왕답게 살겠다는 것이었다.

마왕이 마왕답게 사는 건 무엇일까?

마왕이라면 마왕성도 만들고 마족들을 휘하로 들이고, 세력을 확장하는 것은 당연한 일이다. 그래야 마왕인 것이다.

물론 요즘은 대부분의 마왕들이 용자들이 찾아올까 두려워 루트 오브 다크니스의 생성을 포기하고 방랑 마왕을 전전하며 산다지만, 샤크는 그럴 생각이 없었다.

기왕 마왕이 된 이상, 그따위 소심한 마왕이 될 필요가 있겠는가.

용자들이 찾아오면 쫓아내면 된다. 그 정도 자신도 없다면 어디 가서 마왕이라고 하지도 말아야 한다.

물론 샤크는 여타의 마왕들처럼 용자들의 세계를 침략해 그곳을 약탈하고 인간이나 이종족들을 학살하거나 잡아먹는 따위의 짓은 하지 않을 것이다.

오히려 그 반대의 경우가 맞다. 샤크는 비록 마왕이지만 자신의 권역 하에 들어온 인간이나 이종족의 세계가 있다면,

그들이 다른 마왕들에게 괴롭힘을 당하지 않도록 지켜 줄 생각이었으니까.

그는 이미 그의 권속 마물들에게 인간이나 이종족의 꿈에 침투하여 그들의 영혼을 갈취하는 행동을 하지 못하도록 명령을 내렸다.

인간들을 괴롭히는 것은 마물의 본성! 그들이 과연 그 본성을 자제할 수 있을까?

만일 용자가 마물들을 잡아다 그런 일을 시켰다면 마물들은 코웃음 칠 것이다. 아마 마물들은 용자에게 죽임을 당할지라도 자신들의 본성을 버리지 못할 것이다.

그러나 마왕은 다르다.

특히나 권속 마물들에 대한 마왕의 명은 절대적이다. 이유 불문! 마왕이 하라고 하면 해야 한다. 그의 명령은 마물들의 본성보다 위에 존재하기에, 그 어떤 불만도 있을 수 없다.

그것은 마족들도 마찬가지. 그들의 간교하기 그지없는 사악한 심성보다 위에 있는 것이 바로 그들의 로드인 마왕의 명령이기 때문이다.

따라서 사실상 샤크는 그의 세력을 확장하면 할수록 환야의 세계에 유익한 일을 하는 것이라 할 수 있었다. 그의 권역 하에 들어온 세계는 무척이나 평화롭고 안전해질 테니까.

그러나 용자들은 그런 샤크를 인정하지 않으리라. 그들은 마왕이라면 무조건 죽이려 할 것이다.

그뿐만 아니라 다른 마왕들도 그런 샤크를 달가워하지 않을 것은 당연했다. 아마 자신들과 같지 않은 마왕이라 따돌리며 공격해 올 수도 있었다.

이는 용자와 마왕 모두가 샤크의 적이 될 수 있다는 뜻!

물론 그런 걸 겁낼 샤크가 아니었다. 일루전 족만 아니라면 마왕이나 용자들이 아무리 몰려와도 샤크를 낭패케 할 수 없을 테니까.

또한 조만간 본신이 회복되면 일루전 족들이라 해도 샤크는 두려워할 필요가 없어질 것이다.

'마족들뿐 아니라 마왕들도 나의 명을 따르게 할 것이다. 따르지 않는 녀석들은 모조리 죽여 버리고, 그들의 권역을 나의 권역으로 흡수하면 된다.'

환야의 수많은 마왕들 위에 군림하는 절대마왕! 환야의 사상 최강의 마왕이라 불리는 마제(魔帝)의 탄생은 이렇게 시작되었다.

샤크가 유유자적하며 여유로운 삶을 즐긴 지 어느덧 30디에스가 지났다. 그 사이 마왕성이 더욱 확장되며 인근의 다른 마물 숲을 흡수했고, 그로 인해 증가된 마기로 그의 본신은 완전히 회복되었다.

그것은 다시 말해 샤크의 분신이 루트 오브 다크니스를 지키지 않아도 상관없다는 뜻이었다. 본신 스스로 외부의 적이 나타나면 충분히 대응할 수 있기 때문이다.

샤크의 경우 본신의 전투력은 분신의 수십 배 이상!

이후에 마왕성에 마기가 잔뜩 쌓이게 되면 현재의 분신을 없앤 후 본신에 버금가는 능력을 가진 새로운 분신을 만들 수도 있겠지만, 아직은 그럴 때가 아니었다.

그리고 분신이 강력하면 할수록 루트 오브 다크니스에 축적된 마기의 소모가 심해지는 터라, 그것은 마기가 남아돌 정도로 많을 때 생각해 볼 문제였다.

처음에 루트 오브 다크니스를 만들 때만 해도 본신이 완전히 회복되면, 루트 오브 다크니스를 없애버리고 이전처럼 본신으로 환야를 누빌 생각이었지만, 지금은 생각이 달라졌다.

마왕성의 확장을 위해서 루트 오브 다크니스는 반드시 존재해야 한다. 따라서 샤크의 본신은 루트 오브 다크니스에 남아 있어야 했다.

대신 샤크는 분신 상태로 움직이면 된다. 새로운 경지에 대한 수련은 분신 상태로도 얼마든지 가능하니까. 그의 경지가 깨달음의 영역에 이른 이상, 분신이 깨달은 것은 본신에 저절로 전달되어 본신의 능력을 상승시킬 것이다.

"로드!"

샤크가 잠시 상념에 잠겨 있을 때 팔라니아의 다급한 음성이 들려왔다.

"로드! 큰일이에요. 용자가 쳐들어왔어요!"

그 말과 함께 샤크의 앞쪽에 용자와 그의 부하들의 모습이 비춰졌다.

스스스.

푸른 머리의 하이 엘프, 그리고 로아탄으로 보이는 가디언 셋. 도합 넷뿐이지만 그들의 전력은 막강했다. 팔라니아는 벌써 그들에 의해 마왕성의 외성문 하나가 박살 났다고 했다.

"그들은 내가 상대할 테니 염려마라."

샤크는 오른손을 슥 휘저으며 말했다. 그 순간 대나무 울타리 숲 앞쪽에 새로운 길 하나가 생겨났다. 팔라니아의 두 눈이 커졌다.

"로드! 설마 그들을 이곳으로?"

"귀한 손님이 왔으니 주인이 접대해 주는 것이 예의이겠지. 여기는 신경 쓰지 말고 너는 물러가 부서진 성문이나 복구하도록 해라."

"예, 로드."

팔라니아는 고개를 끄덕였지만, 안색이 딱딱하게 굳어진 상태였다. 조금 전 샤크는 외부에서 외성들을 통하지 않고 이곳으로 들어오는 결계 통로를 만들었다. 즉, 잠시 후면 용자와 그의 부하들이 저 앞의 길을 통해 들어오게 될 것이다.

팔라니아가 그동안 수많은 외성들을 만든 이유가 무엇이었던가? 그것은 강적들이 나타났을 때 최대한 유리한 상태에서 싸우기 위함이 아니었던가?

그런데 샤크는 수많은 외성들의 이점을 무위로 돌려버린 채 내성으로 강적들을 끌어들인 것이다. 그러니 그녀로서는 어이가 없다 못해 황당하기 그지없었다.

사실 그녀로서는 샤크의 진정한 능력을 모르기에 과연 샤크 혼자서 용자와 그의 가디언 셋을 동시에 상대할 수 있을지 확신이 서지 않았다. 그래서 그와 같은 생각이 드는 것은 당연했다.

그러나 샤크의 명령이 떨어진 이상 그녀는 물러갈 수밖에 없었다. 물론 멀리서 이곳의 상황을 지켜보기로 했다. 여차하면 마족들과 마물 군단을 총동원해 샤크를 지원해야 할 테니까.

샤크는 팔라니아가 이곳을 지켜보고 있음을 알면서도 내버려 두었다. 그녀에게 자신의 로드가 얼마나 강한 존재인지를 느끼게 해 주는 게 좋을 것이다.

'그나저나 용자가 나타나다니 뜻밖이로군.'

사실 뜻밖의 일은 아니었다. 샤크의 마왕성이 지속적으로 확장되며 인근의 마물 숲도 흡수한 터라 루트 오브 다크니스의 마기도 강력해졌다. 따라서 이 근처의 마물 숲들을 주시하던 용자라면 충분히 이곳에 마왕의 루트 오브 다크니스가 있음을 간파할 수 있을 터였다.

'하긴 그만큼 나의 권역이 넓어졌다는 의미겠지.'

얼마 전까지만 해도 지나가는 마물이나 마족들이 이곳에 소마왕이 똬리를 튼 줄 알고 덤벼들었었다. 물론 그 지나가는 마족들이 지금은 그의 충성스러운 권속이 된 팔라니아와 르부스, 페브리스 등이지만 말이다.

그런데 마족들이 포진한 이후로는 그런 일들이 사라졌다. 외부의 마족들이나 마물들에게 샤크의 마궁이 더 이상 만만한 곳이 아니기 때문이리라.

그래서 한동안 평화로웠는데, 이제 용자가 나타났으니, 그것은 한편으로 샤크의 세력이 이전에 비할 수 없이 강해졌음을 반증하는 것이라 할 수 있었다.

그리고 그것은 앞으로도 용자들이 계속 몰려들 수 있음을 의미했다. 이곳이 대마왕 플런더의 마궁처럼 가공할 악명을 떨친다면 모를까, 그 이전에는 마왕을 해치우겠다는 일념을 가진 용자들의 행렬이 지속적으로 이어질 가능성이 높았다.

물론 샤크에게는 그다지 두려운 일은 아니었다. 이미 본신까지 회복된 상황에 무엇이 두렵겠는가.

'지금 나타난 녀석들 정도는 본신이 나설 것도 없다. 분신으로도 충분해.'

샤크는 산책을 하던 그 모습 그대로 느긋하게 용자와 그의 가디언들이 나타나기를 기다렸다.

한편 그때 아디란 대륙의 용자 플로라는 갑자기 그녀의 앞을 가로막은 대나무 숲을 바라보며 긴장했다.

'마왕성은 어디 가고 갑자기 대나무 숲이 나타난 걸까?'

그녀는 뭔가 기분이 좋지 않았다. 특히나 이 대나무 숲이 나타나면서 그녀의 세 가디언들이 사라져버린 상태. 추정컨대 그들 역시 이 정체불명의 대나무 숲 어딘가에서 그녀의 행방을 찾고 있을 가능성이 높았다.

'틀림없어. 이건 마왕의 짓이야.'

단번에 용자와 가디언들을 떨어뜨려 놓았다는 것은 마왕의 능력이 생각보다 높다는 것을 의미했다. 그 생각을 하지 플로라는 더욱 긴장이 되지 않을 수 없었다.

'풋내기 마왕인 줄 알았는데 만만치 않겠는걸.'

처음에 이곳에서 루트 오브 다크니스의 기운이 느껴질 때만 해도 어떤 정신 빠진 얼간이 마왕이 이곳에 자리를 잡았을까 하는 생각이 들었다.

그녀 역시 요즘 마왕들이 웬만해선 루트 오브 다크니스를 생성하지 않는다는 사실을 잘 알고 있었다. 만들자마자 용자들의 표적이 되어 죽을 줄 뻔히 알면서도 루트 오브 다크니스를 만들 멍청한 마왕이 어디 있겠는가.

그러나 그럼에도 불구하고 루트 오브 다크니스를 만든 마왕이라면, 용자들이 아무리 몰려와도 끄떡없을 만한 대마왕이거나 혹은 요즘 환야가 어떻게 돌아가는지 전혀 모르는 풋내기 마왕일 수밖에 없는 것이다.

그러나 전자의 경우는 플로라가 알기로 대마왕 플런더 외에는 없었다. 그곳의 위치는 웬만한 용자라면 다 알고 있을 정도로 노출되어 있지만, 감히 그곳으로 향하는 용자는 없었다. 뻔히 죽을 줄 아는데 미쳤다고 그곳에 가겠는가.

따라서 플로라로서는 대마왕 플런더가 있는 마왕성도 아

닌 이곳에 그만큼 강력한 마왕이 있을 것이라고는 상상도 하지 못했다. 당연히 환야의 물정을 모르는 풋내기 마왕일 거라 생각하고 의기양양하게 쳐들어온 것이다.

그런데 그녀의 힘으로서는 쉽사리 벗어나기 힘들어 보이는 기괴한 대나무 숲에 갇히자 왠지 불안한 생각이 들지 않을 수 없었던 것이다.

스스스.

그 순간 대나무들이 저절로 움직이며 앞쪽에 길을 형성했다.

'나보고 저곳으로 오라는 뜻?'

플로라는 입술을 깨물었다. 그녀로서는 고심이 되지 않을 수 없었다. 길을 따라가자니 왠지 마왕이 뭔가 술수를 부려 놓았을 듯해 불안했고, 그렇다고 돌아가자니 저 울창한 대나무들을 뚫고 길을 찾기가 쉽지 않아 보였다.

그런데 그 순간 마치 그녀의 고민을 해결해 주기라도 하듯 뒤쪽의 지형이 단번에 바뀌더니 그곳으로부터 가공할 화염의 폭풍이 일어났다.

화르륵! 화르르르르—

그 뜨거운 화염은 대나무 숲을 단번에 태워 버릴 듯 엄청난 속도로 날아들었다. 플로라의 안색이 하얗게 변했다.

'저건?'

그녀는 갑자기 일어난 화염의 폭풍이 분명 실제가 아닌 어떤 특별한 마법으로 인해 일순간 형성된 환상 비슷한 것임을 간파했다. 그러나 전신에 소름 끼치도록 엄습하는 불안감은 이대로 저 폭풍에 휘말렸다간 결코 무사하지 못할 것임을 경고했다.

'단순한 환상이 아니야.'

플로라는 어쩔 수 없이 앞쪽에 열린 길을 따라 달렸다. 폭풍의 속도가 바람과 같았기에 그녀 역시 그 못지않은 속도로 달려야 했다.

화르륵! 화르르르르—

그것은 마치 꽁지에 불이 붙은 말과 같은 우스운 형상이었지만 지금은 그런 걸 따질 만한 형편이 아니었다. 플로라는 그야말로 전력을 다해 달려 화염 폭풍을 간신히 따돌릴 수 있었다.

그러다 보니 어느새 대나무 숲의 끝자락에 이르렀고 그곳을 지나자 널찍한 정원이 나타났다. 플로라의 두 눈이 커졌다.

'여긴?'

가운데 작은 호수를 연상케 하는 연못이 있고, 그 앞으로 자그만 초옥이 한 채 보였는데, 웬 은발의 멋진 외모를 지닌 청년이 연못가에 앉아 있는 것이었다.

그런데 그 청년이 풍기는 매력은 실로 가공스러웠다. 용자인 플로라가 일순 넋을 잃고 쳐다봤을 정도로 마력적인 매력을 풍겼다. 그녀가 용자가 아니었다면 당장 달려가 품에 안기고 싶을 정도로 위험스러운 매력을 지닌 자!

'저자가 마왕이군.'

플로라의 두 눈이 차가워졌다. 용자답게 그녀는 마왕이 발하는 뇌쇄적인 매력 앞에서도 초연할 수 있었다.

차앙!

그녀는 즉시 검을 빼 들고 마왕을 향해 걸었다. 짙푸른 빛이 아른거리는 그 검은 마왕에게 치명적인 타격을 줄 수 있는 엄청난 제마력(制魔力)이 깃들어 있었다.

고대의 신검 루크!

이 검은 아디란 대륙이 아닌 환야를 여행하다 우연히 얻은 보물인 만큼, 그 위력은 상상을 초월했다. 그녀가 무려 두 명의 마왕을 환야의 먼지로 만들어 버릴 수 있었던 것도 다 이 특별한 고대의 신검 루크 덕분이었다.

'후후, 마왕! 넌 큰 실수를 한 거야.'

조금 전까지만 해도 가디언들과 따로 분리되어 고립된 그녀는 적지 않은 불안감에 휩싸여 있었다. 마왕이 분명 수많은 부하들과 함께 고립된 그녀를 포위공격할 거란 생각에서였다.

그런데 이곳이 어디인지 모르지만 마왕 혼자서 덩그러니 앉아 있으니 그녀로서는 쾌재를 부르지 않을 수 없었다. 신검 루크가 있는 한, 일대일 승부로는 마왕에게 절대 지지 않을 자신이 있었기 때문이다.

"사악한 마왕이여! 나 아디란 대륙의 용자 플로라, 그대에게 결투를 신청한다."

플로라는 마왕으로 추정되는 은발 청년의 앞에 걸어가 정중하게 외쳤다. 마왕에게 이런 예를 표하는 것이 우습지만 그녀는 이런 격식이 몸에 배어 있었다.

은발 청년은 물론 샤크였다. 그는 힐끗 고개를 돌려 플로라를 쳐다보고는 피식 웃으며 일어섰다.

"결투라. 그것참 반가운 소리군."

샤크는 결투를 정말 좋아한다. 누군가 자신에게 결투를 걸어오는 것처럼 즐거운 일이 없다 할 만큼. 그러나 안타깝게도 그에게는 결투를 걸어오는 이들이 거의 없었다.

전생에서도 마찬가지. 몇 번 실력을 보여 주고 나면 다들 그와 마주치지 않으려고 기를 쓰는 터라, 결투다운 결투를 하기가 쉽지 않았던 것이다.

그때 플로라가 인상을 찌푸렸다.

"흥! 마왕답게 경망스럽긴. 네가 아무리 마왕이라도 결투 상대에 대한 예의는 지키는 게 어떠냐?"

"예의? 어떤 예의를 말하는 건가?"

"내가 이름을 밝혔으면 너 또한 이름을 밝히는 게 당연한 일."

"그런 예의라면 얼마든지. 내 이름은 테사다."

샤크는 일루전 족과의 갈등이 해결되기 전까지는 본명을 숨기기로 한 터라, 미리 정해 둔 가명을 말했다. 플로라의 표정이 더욱 차가워졌다.

"마왕 테사! 안타깝지만 너는 오늘로 죽어 줘야겠어."

"내가 꼭 죽어야 할 이유가 있나?"

"마왕이니까. 다른 이유가 또 있을까?"

플로라는 호호 웃으며 대답하더니 이내 두 눈에 힘을 주고 한 걸음 한 걸음 샤크를 향해 접근해 왔다. 조금의 빈틈이라도 보이면 대뜸 신검 로크를 휘두를 기세였다.

착!

그 순간 샤크의 오른손에 찬란한 은빛 검신의 장검 한 자루가 쥐어졌다. 물론 그것은 윙 블레이드가 검으로 형상화된 것이었다.

본래 그는 굳이 윙 블레이드까지 사용할 생각은 아니었지만 플로라가 들고 있는 검에서 심상치 않은 기운이 피어나는 것을 보고는 생각이 바뀌었다.

'특이한 검이로군.'

그저 보는 것만으로 마왕인 샤크의 몸에 서늘한 기운을 느끼게 만드는 검이 존재할 줄이야. 용자들이 가진 성검 중에 마왕이 가진 마기를 흩어버리는 검이 있다는 소리는 들었지만, 지금 플로라가 들고 있는 검은 그 정도가 아니었다.

마왕이란 존재 자체를 소멸시켜버리기 위해 만들어진 신검! 샤크로서는 처음 보는 가공할 제마력이 깃들어져 있었다.

그러나 물론 그렇다 해서 샤크가 크게 긴장하거나 한 것은 아니었다. 어차피 제마력 또한 차원력에서 비롯된 힘 중의 하나다. 엄밀히 따지자면 차원력 보다 하위의 힘이며, 샤크가 가진 무극지기와 비등하거나 약간 아래 정도라 볼 수 있었다.

그런 만큼 제마력이 깃든 신검이라 한들 샤크는 그로 인해 별다른 피해를 입지 않을 수 있었다. 그러나 보통의 마왕이라면 저 가공할 제마력이 깃든 신검 앞에 상당히 고전할 가능성이 높았다.

"네 검법 실력이 그 검을 부끄럽게 하지 않을 정도가 되었으면 좋겠군."

샤크는 담담히 웃으며 은빛 장검을 앞으로 겨눴다. 그가 본신으로 강림하면 그저 손가락 하나만 튕겨도 플로라를 쓰러뜨릴 수 있지만, 분신인 지금은 직접적인 결투를 통해 그녀를 제압해야 했다.

물론 전자보다 후자가 샤크에게 훨씬 더 흥미로운 일이었다. 모처럼 그 역시 제대로 된 결투를 해 보고 싶은 마음에서였다.

'오랜만에 만상무극검법을 펼쳐 볼까? 아니야. 그건 너무 강력하니 그냥 절대자연검식이 어떨까? 흠, 왠지 그것도 감당 못 할 듯하니 마교십대마공 중의 하나인 수라광살검법은? 하긴 그럴 바엔 차라리 태을무량검법이나 매화천룡검법이 나을지도 모르겠군.'

잠시 고심하던 샤크는 매화천룡검법을 펼치기로 결정했다. 이는 전생에서 화산파 최강의 절기이자 정파십대무공 중 하나였던 만큼 마교십대마공 중 하나인 수라광살검법과 비등한 위력을 가지고 있었다.

마왕이 정파의 무공을 펼쳐 용자를 상대한다는 것이 우습긴 하지만 매화천룡검법을 펼칠 때 피어나는 멋들어진 매화 문양을 보여주어, 용자인 플로라에게 마왕이라고 꼭 무식하고 살벌한 검법만 펼치는 것이 아님을 알려 주고 싶은 까닭도 있었다.

"덤벼라. 선공을 양보하지."

샤크는 왼손으로 은발을 쓸어 넘기며 여유롭게 말했다. 그러자 플로라가 코웃음 치며 대답했다.

"흥! 마왕들은 항상 그런 식으로 말하더군. 선공을 양보한다고 말이야. 그렇게 말하면 뭔가 더 멋져 보이나 보지?"

샤크는 미간을 살짝 찌푸렸다.

"멋져 보인다기보다 내가 먼저 공격하면 네게 기회가 없기 때문이다."

그러자 플로라의 입가에 조소가 맺혔다.

"호호호! 너희들은 다들 입이라도 맞춘 거야? 어떻게 이렇게 똑같은지 모르겠구나."

"그게 무슨 소리냐?"

"다른 마왕들도 너와 똑같이 말했거든. 그래서 내게 선공을 양보한다고 말이야. 물론 그건 다 거짓말이었어. 양보하는 척하고 실은 먼저 공격을 했으니까."

"난 그럴 일이 없으니 안심해라."

"풋! 그것도 들어 본 말이거든! 괜히 멋진 척하지 말고 이만 본성을 드러내는 게 어때? 어차피 조금 있으면 살려달라고 눈물 콧물 흘리며 애걸하게 될 텐데 말이야. 호호호!"

그러자 샤크의 두 눈이 가늘어졌다. 그러고 보니 이 미모의 엘프 용자는 마왕을 아주 기분 나쁘게 만드는 신기한 재주가 있었다. 외모가 아름다워서 가능한 살살 타이른 후 보내 주려 했는데 스스로 무덤을 파고 있을 줄이야.

"그래서 마왕을 몇 놈이나 죽여 봤냐?"

"너까지 셋!"

플로라는 이미 샤크를 죽이기라도 한 듯 샤크를 포함해 세 명의 마왕을 죽였다고 말했다. 샤크는 어이가 없어 일순 말이 안 나왔다. 하긴 이 정도 배짱은 있어야 어디 가서 용자라고 할 수 있을 것이다.

확실히 플로라가 그동안 샤크가 만났던 웬만한 남자 용자보다 훨씬 용자다운 것은 사실이었다. 그 생각을 하자 샤크는 왠지 흡족한 마음이 들어 씩 미소를 지었다

"하하하! 그래도 제법 패기 있는 용자가 있긴 하군."

샤크가 입가에 훈훈한 미소를 띠우며 말하자 플로라가 인상을 찡그리더니 침을 퉤 뱉었다.

"그만 쪼개고 빨랑 덤비기나 하시지!"

"뭐라고?"

"더 이상 너 따위 마왕이랑 말하고 싶지 않거든. 그런다고 살려 줄 생각 없으니 꿈은 깨는 게 좋을 거야."

"……!"

순간 샤크의 이마에 주름이 생겨났다. 어떻게든 좋게 봐주려 했건만 도무지 정이 안 가는 엘프 용자였다. 샤크의 두 눈이 차갑게 번뜩였다.

"큭! 선공을 양보했는데도 싫다하니 어쩔 수 없지. 나 또한 인내심이 그리 많은 편이 아니니 그럼 내가 먼저 공격을 하……."

그런데 바로 그 순간 플로라의 두 눈이 강렬히 반짝이더니 잽싸게 신검 루크를 휘둘렀다.

스파앗! 파파팟—

짙푸른 오러에 둘러싸인 신검 루크의 검신이 십여 개로 분화되며 샤크가 있던 공간을 수십 조각으로 쪼개버렸다. 그 위력이 얼마나 가공한지 분리된 공간들이 일순간 이지러지며 폭발하는 듯한 착각이 일었다.

번개 같은 쾌검! 그것은 그야말로 허를 찌르는 급작스러운 기습이었다.

그러나 샤크가 누구인가? 그는 이미 플로라가 그와 같은 기습을 해올 것을 짐작하고 있었다. 그 기회를 엿보기 위해 일부러 마왕인 자신을 도발하고 있었다는 사실도.

'그래도 용자답게 제법 강력한 검식을 구사하는군.'

플로라의 움직임은 그랜드 마스터의 경지를 초월한 라우벤 못지않았고, 검식의 오묘함은 샤크가 펼치려던 매화천룡검법을 훨씬 능가했다.

그러나 샤크는 애초부터 매화천룡검법으로 승부를 보려던 것이 아니라 그녀에게 마왕도 이처럼 아름다운 검초를 펼칠 수 있다는 것을 보여주기 위함이었을 뿐이다.

상황이 달라지자 샤크의 검초도 변했다. 샤크의 검이 무수히 분화되었고 그것들이 마치 소나기처럼 플로라를 향해 쏟아져 내렸다.

쏴아! 쏴아아아!

어찌 검식을 펼쳤는데 비가 내리는 듯한 소리가 들리는 것일까? 그러나 플로라는 그것에 신경 쓸 여유가 없었다. 그 수많은 빗방울 중 단 하나만 그녀의 옷에 스쳐도 끝장이라는 사실을 직감한 것이다.

'이, 이게 대체 무슨 검법이야?'

그녀가 어찌 짐작이나 하겠는가. 샤크가 지금 펼친 것이 바로 절대자연검식이라는 사실을. 샤크의 전생에서는 마교

교주 위지상도 이것을 받아내지 못했다는 사실을.

'이런 말도 안 되는 검법이 존재하다니!'

경악하는 와중에도 그녀는 용케 그 많은 빗방울들을 남김없이 쳐냈다. 샤크의 두 눈에 이채가 일었다.

'절대자연검식의 제 일 초식을 받아 내다니 놀랍군.'

플로라의 임기응변은 샤크도 감탄할 만했다. 물론 신검 루크에서 피어난 기이한 오러들이 대부분의 빗방울을 흩어 버린 것이 사실이지만, 그래도 어쨌든 절대자연검식의 일초를 받아낸 것은 틀림없었다.

"흥, 죽어랏! 이 사악한 마왕!"

플로라는 즉각 반격했다. 성검 루크로부터 햇살 같은 광채가 일어났고 그것이 무수한 빛줄기로 변했다.

화아아악!

그러나 샤크의 검이 더욱 빨랐다. 마치 달빛을 연상케 하는 은은한 섬광이 파동처럼 퍼져 나간 순간 플로라의 검이 그대로 멈췄고, 그녀의 몸이 부르르 떨렸다.

"으윽, 분하다……."

비틀거리며 뒷걸음질치는 플로라의 왼쪽 입가에서 붉은 핏물이 주룩 흘러내렸다. 그녀는 몇 발자국 걷지 못하고 그대로 고꾸라져 버렸다.

"플로라 님!"

"멈춰라! 이 사악한 마왕!"

그때 대나무 숲을 헤치고 푸른 갑주를 입은 무사 셋이 나타났다. 그들은 모두 로아탄들로 용자 플로라의 가디언들이었다.

최상급 마족보다 강하며 가히 마왕이나 용자에 버금가는 존재들인 로아탄. 그들을 무려 셋이나 가디언으로 두고 있는 것을 보면 플로라가 꽤 능력 있는 용자임은 분명했다.

"더 이상 다가오면 너희들의 용자는 죽는다."

샤크는 쓰러져 있는 플로라의 목에 은빛의 장검을 가져다 대며 차갑게 웃었다. 그러자 로아탄들이 움찔하며 멈춰 섰다.

"멈춰라! 그분을 해치면 절대 용서하지 않을 것이다."

그들은 잡아먹을 듯 사나운 눈빛으로 샤크를 노려봤다.

"어리석군. 너희들이 지금 누굴 협박할 처지인가? 순순히 무장을 해제하고 포로가 되는 게 어떠냐? 너희들의 용자를 살리고 싶다면 말이야."

샤크가 큭큭 웃었다. 이 순간 샤크의 표정은 정말로 마왕스럽게 사악해 보였기에 로아탄들은 절망 가득한 표정으로 무장을 해제했다.

스윽.

샤크가 손짓을 하자 로아탄들의 무기와 방어구가 흔적도 없이 사라져 버렸다. 용자 플로라의 애병인 신검 루크도 마찬가지. 그것들은 모두 샤크의 아공간으로 이동되어 있었다.

"으득! 우릴 어쩔 셈이냐?"

그때 가까스로 정신을 차린 플로라가 이를 갈며 물었다. 그녀는 적지 않은 내상을 입은 상태라 안색이 창백했다. 샤크는 그녀를 힐끗 노려보며 대답했다.

"글쎄! 고민 중이다. 너희를 살려 줘야 할지 죽여야 할지 아직 결정을 안 했거든. 그럼 하나만 묻겠다. 혹시라도 너흴 살려 주면 두 번 다시 이곳에 얼씬하지 않겠다고 약속할 수 있느냐?"

"흥! 닥치고 날 죽여라! 용자인 내가 어찌 너 따위 사악한 마왕에게 목숨을 구걸하겠느냐? 설령 날 살려 준다 해도 나는 언제고 반드시 네놈을 죽이고 말 것이다."

그러자 샤크의 표정이 금세 싸늘하게 변했다.

"그렇다면 고민이 필요 없겠군."

곧바로 샤크가 오른손을 휘젓자 플로라와 그의 세 로아탄이 정신을 잃고 쓰러졌다. 샤크는 한숨을 내쉬었다.

'두 번 다시 오지 않겠다고 다짐을 받을 때까지 잡아둔다.'

여러모로 번거로운 일이긴 하다. 그래도 플로라가 용자라서 살려둔 것이지, 아마 마왕이었으면 죽여 버렸을 것이다. 그러고 보면 차라리 용자보다 마왕이 쳐들어오는 것이 샤크의 입장에서는 처리가 편한 듯했다.

"로드! 큰일 났어요."

그때 팔라니아의 다급한 음성이 들려왔다. 그녀는 샤크가 용자와 세 로아탄을 가볍게 제압한 것을 보고 깜짝 놀란 표정을 지었지만, 이내 숨을 몰아쉬며 말했다.

"침입자가 또 나타났어요, 로드!"

"또 용자냐?"

샤크가 이마에 주름을 지으며 물었다. 팔라니아가 고개를 흔들었다.

"이번엔 마왕이에요."

〈다음 권에 계속〉